हिन्द पॉकेट बुक्स

हमारा राष्ट्रीय ध्वज

तिरंगा

राष्ट्रीय ध्वज तिरंगा हमारी आन, बान और शान का प्रतीक है। इस तिरंगे के लिए न जाने कितने वीरों ने हँसकर प्राण न्योछावर कर दिए। यही वह तिरंगा है तो हमारे प्यारे वतन भारत को एकता और अखण्डता के सूत्र में पिरोए रखता है। इस पुस्तक में तिरंगे के इतिहास की संपूर्ण गौरव गाथा सरल शब्दों में उकेरी गई है।

यह पुस्तक सामान्य-ज्ञान का सागर है और इसे रोचक ढंग से लिखा गया है, ताकि इसे याद करने में भी आसानी होगी। इसके साथ ही इसमें आकर्षक चित्र भी दिए गए हैं और साथ ही आपकी परीक्षा के लिए प्रश्नोत्तरी, हल कीजिए और अपने ज्ञान की परीक्षा आप स्वयं कीजिए।

लेखक की अन्य पुस्तकें

- हमारे राष्ट्रीय खेल
- हमारा राष्ट्रीय पुष्प कमल
- हमारा राष्ट्रीय पक्षी मोर
- हमारा राष्ट्रीय गीत
- हमारी राष्ट्रीय संस्कृति वैदिक
- हमारा राष्ट्रीय फल आम
- हमारा राष्ट्रीय चिह्न अशोक चक्र
- हमारा राष्ट्रीय वृक्ष बरगद
- हमारी राष्ट्रीय जलचर डॉल्फिन
- हमारी राष्ट्रीय नदी गंगा
- हमारा राष्ट्रीय ग्रंथ गीता
- हमारे राष्ट्रीय पर्व और दिवस
- हमारे राष्ट्रीय स्मारक
- हमारा राष्ट्रीय पशु बाघ
- हमारे राष्ट्रीय विरासत स्थल
- हमारी राजभाषा हिन्दी
- हमारे नेशनल पार्क
- लोकप्रिय बाल गीत
- हमारे देशभक्ति गीत
- हमारे राष्ट्रीय गीत
- शहीदों के अमर गीत
- महाभारत की कहानियाँ
- पुराणों की कहानियाँ
- रामायण की कहानियाँ
- बेताल पचीसी, दो भागों में
- महापुरुषों का बचपन
- महाराणा प्रताप
- बहादुर बेटी मलाला

सुरुचिपूर्ण एवं प्रेरणादायक सचित्र जानकारियाँ

हमारा राष्ट्रीय ध्वज

तिरंगा

तेजपाल सिंह धामा

हिन्द पॉकेट बुक्स

पेंगुइन रैंडम हाउस इम्प्रिंट

हिन्द पॉकेट बुक्स

यूएसए | कनाडा | यूके | आयरलैंड | ऑस्ट्रेलिया | सिंगापुर
न्यू ज़ीलैंड | भारत | दक्षिण अफ्रीका | चीन

हिन्द पॉकेट बुक्स, पेंगुइन रैंडम हाउस ग्रुप ऑफ़ कम्पनीज़ का हिस्सा है,
जिसका पता global.penguinrandomhouse.com पर मिलेगा

पेंगुइन रैंडम हाउस इंडिया प्रा. लि.,
चौथी मंजिल, कैपिटल टावर -1, एम जी रोड,
गुड़गांव 122 002, हरियाणा, भारत

पेंगुइन
रैंडम हाउस
इंडिया

प्रथम हिन्दी संस्करण हिन्द पॉकेट बुक्स द्वारा 2014 में प्रकाशित
यह हिन्दी संस्करण हिन्द पॉकेट बुक्स में पेंगुइन रैंडम हाउस द्वारा 2022 में प्रकाशित

10 9 8 7 6 5 4 3 2

ISBN 9789353491468

मुद्रक : मणिपाल टेक्नॉलजीस् लिमिटेड, भारत

www.penguin.co.in

FSC
www.fsc.org
MIX
Paper | Supporting
responsible forestry
FSC® C043100

This is a legitimate digitally printed version of the book and therefore might not
have certain extra finishing on the cover.

क्रम

भारत का राष्ट्रीय ध्वज तिरंगा

बच्चों! आज हम अपने राष्ट्रीय ध्वज तिरंगा की रोचक जानकारियाँ तुम्हें बताएँगे। हमें अपना राष्ट्रीय ध्वज तिरंगा जान से भी प्यारा है, चलों चलें जानें इसकी कहानी –

भारत के राष्ट्रीय ध्वज जिसे तिरंगा भी कहते हैं, तीन रंग की क्षैतिज पट्टियों के बीच नीले रंग के एक चक्र द्वारा सुशोभित ध्वज है, जिसकी अभिकल्पना पिंगली वेंकैया ने की थी। इसे 15 अगस्त 1947 को अंग्रेजों से भारत की स्वतंत्रता के कुछ ही दिन पूर्व 22 जुलाई, 1947 को आयोजित भारतीय संविधान-सभा की बैठक में अपनाया गया था। इसमें तीन समान चौड़ाई की क्षैतिज पट्टियाँ हैं, जिनमें सबसे ऊपर केसरिया, बीच में श्वेत और नीचे गहरे हरे रंग की पट्टी है। ध्वज की लम्बाई एवं चौड़ाई का अनुपात 2:3 है। सफेद पट्टी के मध्य में गहरे नीले रंग का एक चक्र है जिसमें 24 अरे होते हैं। इस चक्र का व्यास लगभग सफेद पट्टी की चौड़ाई के बराबर होता है यह चक्र सम्राट अशोक द्वारा सारनाथ में स्थापित अशोक स्तंभ के शेर के शीर्षक फलक से लिया गया है।

सरकारी झंडा निर्दिष्टीकरण के अनुसार झंडा खादी में ही बनना चाहिए। यह एक विशेष प्रकार से हाथ से काते गए कपड़े से बनता है, जो महात्मा गांधी द्वारा लोकप्रिय बनाया गया था। इन सभी

विशिष्टताओं को व्यापक रूप से भारत में सम्मान दिया जाता हैं। भारतीय ध्वज संहिता के द्वारा इसके प्रदर्शन और प्रयोग पर विशेष नियंत्रण है।

तिरंगा और अशोक चक्र

गांधी जी ने सबसे पहले 1921 में कांग्रेस के अपने झंडे की बात की थी। इस झंडे को पिंगली वेंकैया ने डिजाइन किया था। इसमें दो रंग थे, लाल रंग हिन्दुओं के लिए और हरा रंग मुस्लिमों के लिए। बीच में एक चक्र था। बाद में इसमें अन्य धर्मों के लिए सफेद रंग जोड़ा गया। स्वतंत्रता प्राप्ति से कुछ दिन पहले संविधान सभा ने राष्ट्रध्वज को संशोधित किया। इसमें चरखे की जगह अशोक चक्र ने ली। इस नए झंडे की देश के दूसरे राष्ट्रपति सर्वपल्ली राधाकृष्णन ने फिर से व्याख्या की। 21 फीट गुणा 14 फीट के झंडे पूरे देश में केवल तीन किलो के ऊपर फहराए जाते हैं। मध्य प्रदेश के ग्वालियर जिले में स्थित किला उनमें से एक है। इसके अतरिक्त कर्नाटक का नारगुंड किला और महाराष्ट्र का पनहाला किले पर भी सबसे लम्बे झंडे को फहराया जाता है।

1951 में पहली बार भारतीय मानक ब्यूरो (बीआईएस) ने राष्ट्रध्वज के लिए कुछ नियम तय किए। 1968 में तिरंगा निर्माण के मानक तय किए गए। ये नियम अत्यंत कड़े हैं। केवल खादी या हाथ से काता गया कपड़ा ही झंडा बनाने के लिए उपयोग किया जाता है। कपड़ा बुनने से लेकर झंडा बनने तक की प्रक्रिया में कई बार इसकी टेस्टिंग की जाती है। झंडा बनाने के लिए दो तरह की खादी का प्रयोग किया जाता है। एक वह खादी जिससे कपड़ा बनता है और दूसरा खादी-टाट। खादी में केवल कपास, रेशम और ऊन

का प्रयोग किया जाता है। यहां तक की इसकी बुनाई भी सामान्य बुनाई से भिन्न होती है। ये बुनाई बेहद दुर्लभ होती है। इसे केवल पूरे देश के एक दर्जन से भी कम लोग जानते हैं। धारवाण के निकट गदग और कर्नाटक के बागलकोट में ही खादी की बुनाई की जाती है। जबकी हुबली एक मात्र लाइसेंस प्राप्त संस्थान है जहां से झंडा उत्पादन व आपूर्ति की जाती है। बुनाई से लेकर बाजार में पहुंचने तक कई बार बीआईएस प्रयोगशालाओं में इसका परीक्षण होता है। बुनाई के बाद सामग्री को परीक्षण के लिए भेजा जाता है। कड़े गुणवत्ता परीक्षण के बाद उसे वापस कारखाने भेज दिया जाता है। इसके बाद उसे तीन रंगों में रंगा जाता है। केंद्र में अशोक चक्र को काढ़ा जाता है। उसके बाद इसे फिर परीक्षण के लिए भेजा जाता है। बीआईएस झंडे की जाँच करता है इसके बाद ही इसे बाजार में बेचने के लिए भेजा जाता है।

ध्वज पूजा की परंपरा

पन्द्रह अगस्त को भारतीय तिरंगा एक बार फिर फहराया जाएगा। तिरंगा लहराएगा और भारतीय जनता हल्की फुहारों के बीच भारतीय स्वतंत्रता की इस निशानी को देखेगी, पर स्वतंत्रता का उत्सव मनाने वालों में से बहुत कम लोगों को इस बात का पता होगा कि इस तिरंगे ने अपनी यात्रा कहाँ से शुरू की और यहाँ तक पहुँचने में उसके सहयोगी कौन-कौन रहे? प्राचीन भारतीयों में ध्वज या झंडे की पूजा की परंपरा थी। मोहनजोदड़ो से प्राप्त एक मुहर में कतार में खड़े चार आदमियों को दिखाया गया है जो एक ध्वज को लिए हुए हैं। महाभारत में भी विभिन्न ध्वजों और उनसे जुड़े धार्मिक अनुष्ठानों का वर्णन मिलता है। ध्वज के तीन मूल भाग होते हैं।

पहला पताका जो लहराता हुआ तिकोना या आयताकार होता है। दूसरा हिस्सा होता है यष्टि या दण्ड, जिसपर ध्वज को फहराया जाता है तथा तीसरा खंड होता है केतु जो पताका का प्रतीक चिह्न होता है। महाभारत के महान योद्धा अर्जुन के रथ पर बंदर के चिह्न वाले कपि-ध्वज का वर्णन है। ऐसा माना जाता है कि महाभारत के युद्ध के दौरान कपिराज हनुमान जी पताका पर विराजमान थे।

फ्रांसीसी क्रांति तथा उससे जुड़े स्वतंत्रता, समानता और भाईचारा के नारे ने पूरे विश्व को प्रभावित किया। भारतीयों को राष्ट्रीयता के विचार से परिचित कराया। यह कहा जाता है कि जब राजा राम मोहन राय जनवरी, 1881 में इंग्लैंड जा रहे थे तो वे फ्रांसीसी जहाज तक गए ताकि वे फ्रांस के ध्वज को नमन कर सकें। उनके लिए फ्रांसीसी ध्वज मात्र राष्ट्रीय ध्वज नहीं था, बल्कि क्रांति का प्रतीक था और इसी ध्वज में उस महान राष्ट्रवादी देशभक्त ने अपने देश भारत की आजादी का सपना देखा था। 1857 के विद्रोह ने भारत की जनता में राष्ट्रीयता की भावना को हवा दी तथा एक राष्ट्रीय प्रतीक, राष्ट्रीय ध्वज के तले एकजुट होने की जरूरत महसूस कराई। 1900 के आस-पास में स्वदेशी आंदोलन के शुरू होने के साथ ही तात्कालिक रूप से राष्ट्रीय ध्वज की आवश्यकता को महसूस किया गया।

स्वामी विवेकानंद की आयरिश शिष्या सिस्टर निवेदिता उन लोगों में से एक थीं जिन्होंने भारत के सबसे पहले राष्ट्रध्वज की रूपरेखा बनाई। 1904 में जब वे रवीन्द्र नाथ ठाकुर तथा जगदीश चंद्र बोस के साथ बोध गया की यात्रा पर गईं तो वहाँ उन्होंने वज्र चिह्न देखा। वज्र शक्ति का प्रतीक है और युद्ध के देवता इन्द्र का अस्त्र है। निवेदिता ने भारत के लिए राष्ट्रीय ध्वज तैयार किया। इसका

आकार चौकोर था और पृष्ठभूमि का रंग लाल था। इसके किनारों पर एक सौ एक ज्योतियाँ थीं और बीच में पीले रंग से वज्र अंकित किया गया था। वज्र के बाईं तरफ वंदे अंकित था और दाईं तरफ मातरम्। ये शब्द पीले रंग में बांग्ला लिपि में लिखे गए थे। उन्होंने लिखा, लाल रंग स्वतंत्रता के लिए संघर्ष का प्रतीक है, पीला रंग विजय का प्रतीक है और सफेद कमल शुचिता का द्योतक है।

7 अगस्त 1906 को कलकत्ता में विभाजन विरोधी आंदोलन की पहली जयंती मनाई गई। उस समय पारसी बागान स्क्वेयर (ग्रीन पार्क) में एक विशाल रैली आयोजित की गई। रैली के दौरान तिरंगा झंडे को पहली बार फहराया गया। यह झंडा सुरेन्द्र नाथ बनर्जी के अंतरंग अनुयायी शचिन्द्र प्रसाद बोस ने तैयार किया था। इसकी हरी पट्टी पर नीले रंग से वंदे मातरम् अंकित किया गया था तथा नीचे की लाल पट्टी पर श्वेत रंग से सूर्य और चन्द्र (अर्ध चन्द्राकार) बने थे। सर सुरेन्द्र नाथ बनर्जी ने एक सौ एक पटाखों की ध्वनि के साथ ध्वज फहराया।

तिरंगे का गौरवशाली इतिहास

यह ध्वज भारत की स्वतंत्रता के संग्राम काल में निर्मित किया गया था। 1857 में स्वतंत्रता के पहले संग्राम के समय भारत राष्ट्र का ध्वज बनाने की योजना बनी थी, लेकिन वह आंदोलन असमय ही समाप्त हो गया था और उसके साथ ही वह योजना भी बीच में ही अटक गई थी। वर्तमान रूप में पहुंचने से पूर्व भारतीय राष्ट्रीय ध्वज अनेक पड़ावों से गुजरा है। इस विकास में यह भारत में राजनैतिक विकास का परिचायक भी है। कुछ ऐतिहासिक पड़ाव इस प्रकार हैं –

प्रथम चित्रित ध्वज 1904 में स्वामी विवेकानंद की शिष्या भगिनी निवेदिता द्वारा बनाया गया था।

7 अगस्त, 1906 को पारसी बागान चौक (ग्रीन पार्क) कलकत्ता (वर्तमान कोलकाता) में इसे कांग्रेस के अधिवेशन में फहराया गया था। इस ध्वज को लाल, पीले और हरे रंग की क्षैतिज पट्टियों से बनाया गया था। ऊपर की ओर हरी पट्टी में आठ कमल थे और नीचे की लाल पट्टी में सूरज और चाँद बनाए गए थे। बीच की पीली पट्टी पर वंदेमातरम् लिखा गया था।

द्वितीय ध्वज को पेरिस में मैडम कामा और 1907 में उनके साथ निर्वासित किए गए कुछ क्रांतिकारियों द्वारा फहराया गया था। कुछ लोगों की मान्यता के अनुसार यह 1905 में हुआ था। यह भी पहले ध्वज के समान था सिवाय इसके कि इसमें सबसे ऊपर की पट्टी पर केवल एक कमल था, किंतु सात तारे सप्तऋषियों को दर्शाते थे। यह ध्वज बर्लिन में हुए समाजवादी सम्मेलन में भी प्रदर्शित किया गया था।

1917 में भारतीय राजनीतिक संघर्ष ने एक निश्चित मोड़ लिया। डॉ. एनी बीसेंट और लोकमान्य तिलक ने घरेलू शासन आंदोलन के दौरान तृतीय चित्रित ध्वज को फहराया। इस ध्वज में 5 लाल और 4 हरी क्षैतिज पट्टियाँ एक के बाद एक और सप्तऋषि के अभिविन्यास में इस पर सात सितारे बने थे। ऊपरी किनारे पर बाईं ओर (खंभे की ओर) यूनियन जैक था। एक कोने में सफेद अर्धचंद्र और सितारा भी था।

कांग्रेस के सत्र बेजवाड़ा (वर्तमान विजयवाड़ा) में किया गया यहाँ आंध्र प्रदेश के एक युवक पिंगली वेंकैया ने एक झंडा बनाया (चौथा चित्र) और गांधी जी को दिया। यह दो रंगों का बना था।

लाल और हरा रंग जो दो प्रमुख समुदायों अर्थात हिन्दू और मुस्लिम का प्रतिनिधित्व करता है। गांधी जी ने सुझाव दिया कि भारत के शेष समुदाय का प्रतिनिधित्व करने के लिए इसमें एक सफेद पट्टी और राष्ट्र की प्रगति का संकेत देने के लिए एक चलता हुआ चरखा होना चाहिए।

कौन थे पिंगली वेंकैया?

पिंगली वेंकैया का जन्म 2 अगस्त, 1876 को वर्तमान आंध्र प्रदेश के मछलीपत्तनम के निकट भाटलापेन्नुमारु नामक स्थान पर हुआ था। इनके पिता का नाम हनुमंतारायुडु और माता का नाम वेंकटरत्नम्मा था और यह तेलुगू ब्राह्मण कुल नियोगी से संबद्ध थे। मछलीपत्तनम से हाई स्कूल उत्तीर्ण करने के बाद वो अपने वरिष्ठ कैम्ब्रिज को पूरा करने के लिए कोलंबो चले गए। भारत लौटने पर उन्होंने एक रेलवे गार्ड के रूप में और फिर बेल्लारी में एक सरकारी कर्मचारी के रूप में काम किया और बाद में वह एंग्लो वैदिक महाविद्यालय में उर्दू और जापानी भाषा का अध्ययन करने लाहौर चले गए।

वेंकैया कई विषयों के ज्ञाता थे, उन्हें भूविज्ञान और कृषि क्षेत्र से विशेष लगाव था। वह हीरे की खदानों के विशेषज्ञ थे। वेंकैया ने ब्रिटिश भारतीय सेना में भी सेवा की थी और दक्षिण अफ्रीका के एंग्लो-बोअर युद्ध में भाग लिया था। यहीं यह गांधी जी के संपर्क में आए और उनकी विचारधारा से बहुत प्रभावित हुए।

1906 से 1911 तक पिंगली मुख्य रूप से कपास की फसल की विभिन्न किस्मों के तुलनात्मक अध्ययन में व्यस्त रहे और उन्होंने बॉम्वोलार्ट कंबोडिया कपास पर अपना एक अध्ययन प्रकाशित किया। वह पट्टी वेंकैया (कपास वेंकैया) के रूप में विख्यात हो गए।

इसके बाद वह वापस मछलीपत्तनम लौट आए और 1916 से 1921 तक विभिन्न झंडों के अध्ययन में अपने आप को समर्पित कर दिया और अंत में वर्तमान भारतीय ध्वज विकसित किया। उनकी मृत्यु 4 जुलाई, 1963 को हुई।

भारत के ध्वज की रचना

काकीनाड़ा में आयोजित भारतीय राष्ट्रीय काँग्रेस के राष्ट्रीय अधिवेशन के दौरान वेंकैया ने भारत का खुद का राष्ट्रीय ध्वज होने की आवश्यकता पर बल दिया और उनका यह विचार गांधी जी को बहुत पसन्द आया। गांधी जी ने उन्हें राष्ट्रीय ध्वज का प्रारूप तैयार करने का सुझाव दिया।

पिंगली वेंकैया ने पांच सालों तक तीस विभिन्न देशों के राष्ट्रीय ध्वजों पर शोध किया और अंत में तिरंगे के लिए सोचा। 1921 में विजयवाड़ा में आयोजित भारतीय राष्ट्रीय कांग्रेस के अधिवेशन में वेंकैया पिंगली महात्मा गांधी से मिले थे और उन्हें अपने द्वारा डिजाइन लाल और हरे रंग से बनाया हुआ झंडा दिखाया। इसके बाद ही देश में कांग्रेस पार्टी के सारे अधिवेशनों में दो रंगों वाले झंडे का प्रयोग किया जाने लगा, लेकिन उस समय इस झंडे को कांग्रेस की ओर से अधिकारिक तौर पर स्वीकृति नहीं मिली थी।

इस बीच जालंधर के हंसराज ने झंडे में चक्र चिह्न बनाने का सुझाव दिया। इस चक्र को प्रगति और आम आदमी के प्रतीक के रूप में माना गया। बाद में गांधी जी के सुझाव पर पिंगली वेंकैया ने शांति के प्रतीक सफेद रंग को भी राष्ट्रीय ध्वज में शामिल किया। 1931 में कांग्रेस ने कराची के अखिल भारतीय सम्मेलन में केसरिया, सफेद और हरे तीन रंगों से बने इस ध्वज को सर्वसम्मति से स्वीकार

किया। बाद में राष्ट्रीय ध्वज में इस तिरंगे के बीच चरखे की जगह अशोक चक्र ने ले ली।

सन् 1906 में भारतीय राष्ट्रीय कांग्रेस का राष्ट्रीय अधिवेशन कलकत्ता में हुआ, जिसकी अध्यक्षता ग्रेंड ओल्ड मैन के नाम से जाने जाने वाले दादा भाई नौरोजी ने की थी, इस सम्मेलन में दादा भाई नौरोजी ने स्व. पिंगली वेंकैया के द्वारा निःस्वार्थ भाव से किए गए कार्यों की सराहना की। बाद में उन्हें राष्ट्रीय कांग्रेस का सदस्य मनोनीत कर दिया गया। कांग्रेस के इस अधिवेशन में यूनियन जैक का झंडा फहराया गया था, जिसे देख कर पिंगली वेंकैया का मन द्रवित हो उठा। उसी दिन से वे भारतीय राष्ट्रीय ध्वज की संरचना में लग गए। 1916 में उन्होंने ए नेशनल फ्लैग फॉर इण्डिया नामक एक पुस्तक प्रकाशित की, जिसमें उन्होंने राष्ट्रीय ध्वज के तीस नमूने प्रकाशित किए थे। पांच साल बाद भारतीय राष्ट्रीय कांग्रेस की बैठक सन् 1921 में विजयवाड़ा में हुई तो उसमें महात्मा गाँधी जी ने सभी को स्व. पिंगली वेंकैय्या द्वारा तैयार किए गए राष्ट्रीय ध्वज के चित्रों की जानकारी दी। इसी बैठक में स्व. पिंगली वेंकैया जी द्वारा बनाए गए राष्ट्रीय ध्वज की डिजाइन को महात्मा गाँधी ने मान्यता दी। इस सन्दर्भ में महात्मा गाँधी ने यंग इण्डिया नामक अखबार के सम्पादकीय में आवर नेशनल फ्लैग शीर्षक से लिखा कि "राष्ट्रीय ध्वज के लिए हमें बलिदान देने को तैयार रहना चाहिए, वे आगे लिखते हैं कि मछलीपत्तनम के आन्ध्रा कालेज के पिंगली वेंकैया ने देश का झंडा के सन्दर्भ एक पुस्तक प्रकाशित की है, जिसमें उन्होंने भारतीय राष्ट्रीय ध्वज से सम्बंधित अनेकों चित्र प्रकाशित किए हैं, जिसके लिए मैं उनके श्रम को देखते हुए उनका आदर करता हूँ।

गाँधी जी अपने सम्पादकीय में आगे लिखते हैं कि जब मैं विजयवाड़ा के दौरे पर था उस दौरान पिंगली वेंकैया ने मुझे हरा एवं लाल रंगों से बने बिना चरखे वाले कई चित्र बनाकर दिए थे। हर झंडे की रूप-रेखा पर उन्हें कम से कम तीन घंटे तो लगे ही थे। मैंने उन्हें एक झंडे में बीच में सफेद रंग की पट्टी डालने की सलाह दी, जिसका उद्देश्य था कि सफेद रंग सत्य व अहिंसा का होता है। उन्होंने इसे तुरंत मान लिया। इसी के बाद पिंगली वेंकैया द्वारा किए गए झंडे का नाम झंडा वेंकैया लोगों के बीच लोकप्रिय हो गया। चार जुलाई 1963 को श्री पिंगली वेंकैया का निधन हो गया।

भारतीय डाक-तार विभाग ने 12 अगस्त 2009 को यानी उनके निधन के पूरे 46 साल बाद स्वर्गीय पिंगली वेंकैया पर एक पाँच रुपए का डाक टिकट जारी किया। सीमित संख्या में जारी इस डाक-टिकट को महाराष्ट्र के उस्मानाबाद जिले के वरिष्ठ पत्रकार एवं डाक-टिकट संग्राहक मोती चाँद मुथा के पास देखा जा सकता है। दुःख तो इस बात का है कि स्वर्गीय पिंगली वेंकैया द्वारा किए गए कार्य का न तो भारत सरकार ने न ही कांग्रेस ने सही ढंग से आदर दिया है।

वर्ष 1931 तिरंगे के इतिहास में एक स्मरणीय वर्ष है। तिरंगे को भारत के राष्ट्रीय ध्वज के रूप में अपनाने के लिए एक प्रस्ताव पारित किया गया और इसे राष्ट्र-ध्वज के रूप में मान्यता मिली। यह ध्वज जो वर्तमान स्वरूप में है, पहले केसरिया, सफेद और मध्य में गांधी जी के चलते हुए चरखे के साथ था। यह भी स्पष्ट रूप से बताया गया था कि इसका कोई साम्प्रदायिक महत्त्व नहीं था। 22 जुलाई 1947 को संविधान सभा ने वर्तमान ध्वज को भारतीय राष्ट्रीय ध्वज के रूप में अपनाया। स्वतंत्रता मिलने के बाद इसके

रंग और उनका महत्व बना रहा। केवल ध्वज में चलते हुए चरखे के स्थान पर सम्राट अशोक के धर्म चक्र को स्थान दिया गया। इस प्रकार कांग्रेस पार्टी का तिरंगा ध्वज अंततः स्वतंत्र भारत का तिरंगा ध्वज बना।

अशोक चक्र और तिरंगा

भारत के राष्ट्रीय ध्वज की ऊपरी पट्टी में केसरिया रंग है, जो देश की शक्ति और साहस को दर्शाता है। बीच की पट्टी का श्वेत धर्म चक्र के साथ शांति और सत्य का प्रतीक है। निचली हरी पट्टी उर्वरता, वृद्धि और भूमि की पवित्रता को दर्शाती है। सफेद पट्टी पर बने चक्र को धर्म चक्र कहते हैं। इस धर्म चक्र को विधि का चक्र कहते हैं जो तृतीय शताब्दी ईसा पूर्व मौर्य सम्राट अशोक द्वारा बनाए गए सारनाथ स्तंभ से लिया गया है। इस चक्र को प्रदर्शित करने का आशय यह है कि जीवन गतिशील है और रुकने का अर्थ मृत्यु है। भारतीय ध्वज में निम्न अनुमानित रंगों के अंतरण प्रयोग होते हैं। ध्वज में जो केसरिया, श्वेत, हरा तथा नीला रंग है वह एचटीएमएल आर.जी.बी व वेब रंगों में (हेक्साडेसिमल संकेतन में), सीएमवाइके के समकक्ष डाई रंग और पेन्टोन के बराबर संख्या हल है।

1930 में कई गांवों में फहराया था तिरंगा

देश को फिरंगियों के चुंगल से मुक्त कराने और गणतंत्र के सपने को हकीकत में बदलने के लिए स्वतंत्रता सेनानियों ने संघर्ष किया। 1930 में वामन राव पितरे के नेतृत्व में आजादी की शपथ लेकर जनपद के कई गांवों और मुख्य स्थानों पर तिरंगा लहराया गया। कई क्षेत्रों में सरोजनी नायडू के नेतृत्व को समझने के लिए महिलाओं

ने एकजुट होकर फर्रुखाबाद छावनी में जोरदार प्रदर्शन कर अपना विरोध जताया था।

सदर के अतर कारोबारी सेठ चंद्र गुप्त ने 1929 में स्वतंत्रता आंदोलन को धार देने के लिए स्वयं राष्ट्रपिता महात्मा गांधी को आमंत्रित किया और उन्हें 1000 रुपये भेंट किए। अमोलर-तालग्राम के हरदयाल, रामेश्वर दयाल, सियाराम जाटव उर्फ सिंगा, गिरधारी लाल पांडे, जालिम सिंह, सूबेदार, जदुनाथ सिंह आदि ने तन-मन-धन से भारत माता के लिए संघर्ष किया। स्वतंत्रता संग्राम से संबंध रखने वाले कई परिवारों के अनुसार आजादी के आंदोलन से खिसियाए अंग्रेज गांव में लाव-लश्कर के साथ आकर तांडव करते थे। विरोध करने पर मार-पीटकर जेलों में ठूस दिया करते थे। पं. सुंदर लाल मेमोरियल महाविद्यालय के रीडर डॉ. एल.सी. शर्मा का कहना है कि कन्नौज की ऐतिहासिकता अंग्रेजों के लिए खासी महत्व रखती थी। यहां अंग्रेज और उनकी बटालियन का अकसर आना जाना रहता था। इसके बाद ही 1930 में वामन राव पितरे के नेतृत्व में आजादी की शपथ लेकर जनपद के कई गांवों और मुख्य स्थानों पर तिरंगा लहराया गया।

1939 में नेताजी सुभाष चंद्र बोस ने कन्नौज आकर यहां के लोगों से आजाद हिंद फौज में शामिल होने की अपील की। इसके बाद पूरे जनपद से स्वतंत्रता संग्राम सेनानियों के जुड़ने का सिलसिला आरंभ हो गया। यही कारण है कि मानीमऊ, ठठिया, तालग्राम, तिर्वा, विशुनगढ़, अमोलर सहित दर्जनों इलाकों में आज भी देश के लिए संघर्ष करने वाले स्वतंत्रता संग्राम सेनानियों की यादें ताजा हैं।

डॉ. बीआर अंबेडकर राजकीय महाविद्यालय अनौगी के इतिहासकार डॉ. संजय सिंह के अनुसार फर्रुखाबाद के फतेहगढ़ से संचालित

अंग्रेजी प्रशासन को धूल चटाने के लिए तिर्वा के तमोली मंदिर में गुपचुप ढंग से स्वतंत्रता संग्राम सेनानियों की बैठकें होती थी। 13 अगस्त 1942 को अंग्रेजों के विरुद्ध इसी मंदिर में बड़ी संख्या में आजादी के नायक जुटें थे। जिसकी जानकारी जब अंग्रेजी प्रशासन को हुई तो फिरंगियों ने मंदिर परिसर में जमकर खून-खराबा किया। पकड़े गए 22 सेनानियों को काले पानी की सजा दी गई।

जब लाल किले पर 16 अगस्त को फहराया गया राष्ट्रीय ध्वज

लाल किले की प्राचीर पर 15 अगस्त को देश के प्रधानमंत्री द्वारा तिरंगा फहराना आज भले ही स्वतंत्रता दिवस का पर्याय है, लेकिन बहुत कम लोगों को यह बात मालूम होगी कि आजादी हासिल करने के बाद लाल किले पर पहली बार 15 अगस्त को नहीं, बल्कि 16 अगस्त 1947 को सुबह साढ़े आठ बजे राष्ट्रीय ध्वज फहराया गया था। इतिहासकारों के अनुसार, देश के पहले प्रधानमंत्री पंडित जवाहर लाल नेहरू ने पहली बार 16 अगस्त 1947 को सुबह साढ़े आठ बजे लालकिले की प्राचीर पर ध्वजारोहण किया था। उस समय नेहरू ने नेताजी सुभाष चंद्र बोस के चलो दिल्ली के नारे और दिल्ली के लालकिले पर आजादी के ध्वज को फहराए जाने के अपने सपने का जिक्र किया था।

भारतीय डाक विभाग द्वारा कई डाक संग्रहण प्रतियोगिताओं में निर्णायक की भूमिका अदा कर चुके कोलकाता निवासी शेखर चक्रवर्ती ने अपने संस्मरणों 'फ्लैग्स एंड स्टैम्प्स' में लिखा है कि 15 अगस्त 1947 के दिन वायसराय लेफ्टिनेंट जनरल माउंटबेटेन (अब

राष्ट्रपति भवन) में जब नई सरकार को शपथ दिलाई जा रही थी, तो वायसराय भवन के सेंट्रल डोम पर सुबह साढ़े दस बजे आजाद भारत का राष्ट्रीय ध्वज पहली बार फहराया गया था। उन्होंने बताया कि इससे पूर्व 14-15 अगस्त की रात को स्वतंत्र भारत का राष्ट्रीय ध्वज कौंसिल हाउस के ऊपर फहराया गया, जिसे आज संसद भवन के रूप में जाना जाता है।

इससे पहले 14 अगस्त 1947 की शाम को ही वायसराय हाउस के ऊपर से यूनियन जैक को उतार लिया गया था। इस यूनियन जैक को आज इंग्लैंड के हैम्पशायर में नार्मन ऐबी आफ रोमसी में देखा जा सकता है।

15 अगस्त 1947 को सुबह छह बजे की बात है। देश के इतिहास में पहली बार राष्ट्रीय ध्वज को सलामी दिए जाने का कार्यक्रम था। इस कार्यक्रम में पहले समारोहपूर्वक यूनियन जैक को उतारा जाना था, लेकिन जब देश के अंतिम वायसराय लार्ड माउंटबेटेन ने पंडित नेहरू के साथ इस पर विचार-विमर्श किया, तो उन्होंने इस बात पर सहमति जताई कि यह ऐसा दिन है जब हर कोई खुशी चाहता है, लेकिन यूनियन जैक को उतारे जाने से ब्रिटेन की भावनाओं के आहत होने के अंदेशे के चलते उन्होंने समारोह से इस कार्यक्रम को हटाने की बात कही।

भारतीय रिजर्व बैंक में करीब 35 साल तक विभिन्न विभागों की जिम्मेदारी संभालने वाले आर सी मोदी ने अपने संस्मरणों इंडिपेंडेंस डे 1947 – दिल्ली में लिखा है कि इसी के चलते 15 अगस्त को दोपहर बाद राष्ट्रीय ध्वज को पहली बार सार्वजनिक रूप से सलामी दिए जाने का कार्यक्रम वार मेमोरियल आर्च (आज का इंडिया गेट) में आयोजित किया गया।

जिस समय प्रधानमंत्री वहां झंडा फहरा रहे थे उसी समय साफ खुले आसमान में जाने कैसे इंद्रधनुष नजर आया और उसे देखकर वहां जमा भीड़ हतप्रभ रह गई।

इस घटना का जिक्र माउंटबेटेन ने 16 अगस्त 1947 को लिखी अपनी 17वीं रिपोर्ट में भी किया है, जिसे उन्होंने ब्रिटिश क्राउन को सौंपा था। उन्होंने रिपोर्ट में इंद्रधनुष के रहस्यमय तरीके से उजागर होने का जिक्र किया।

मोदी लिखते हैं कि 16 अगस्त की सुबह समाचार-पत्रों की सबसे प्रमुख खबर यही थी कि पंडित नेहरू आज लालकिले की प्राचीर पर ध्वजारोहण करेंगे और राष्ट्र को संबोधित करेंगे।

ध्वज संहिता

26 जनवरी 2002 को भारतीय ध्वज संहिता में संशोधन किया गया और स्वतंत्रता के कई वर्ष बाद भारत के नागरिकों को अपने घरों, कार्यालयों और फैक्ट्रियों आदि संस्थानों में न केवल राष्ट्रीय दिवसों पर, बल्कि किसी भी दिन बिना किसी रुकावट के फहराने की अनुमति मिल गई।

अब भारतीय नागरिक राष्ट्रीय झंडे को कहीं भी और किसी भी समय फहरा सकते हैं, बशर्ते कि वे ध्वज की संहिता का कड़ाई से पालन करें और तिरंगे के सम्मान में कोई कमी न आने दें। सुविधा की दृष्टि से भारतीय ध्वज संहिता, 2002 को तीन भागों में बांटा गया है। संहिता के पहले भाग में राष्ट्रीय ध्वज का सामान्य विवरण है। संहिता के दूसरे भाग में जनता, निजी संगठनों, शैक्षिक संस्थानों आदि के सदस्यों द्वारा राष्ट्रीय ध्वज के प्रदर्शन के विषय में बताया गया है। संहिता का तीसरा भाग केन्द्रीय और राज्य सरकारों तथा

उनके संगठनों और अभिकरणों द्वारा राष्ट्रीय ध्वज के प्रदर्शन के विषय में जानकारी देता है।

नियम व विनियम

- 26 जनवरी 2002 विधान पर आधारित कुछ नियम और विनियमन हैं कि ध्वज को किस प्रकार फहराया जाए –
- राष्ट्रीय ध्वज को शैक्षिक संस्थानों (विद्यालयों, महाविद्यालयों, खेल परिसरों, स्काउट शिविरों आदि) में ध्वज को सम्मान की प्रेरणा देने के लिए फहराया जा सकता है। विद्यालयों में ध्वज-आरोहण में निष्ठा की एक शपथ शामिल की गई है।
- किसी सार्वजनिक, निजी संगठन या एक शैक्षिक संस्थान के सदस्य द्वारा राष्ट्रीय ध्वज का अरोहण/प्रदर्शन सभी दिनों और अवसरों, आयोजनों पर अन्यथा राष्ट्रीय ध्वज के मान सम्मान और प्रतिष्ठा के अनुरूप अवसरों पर किया जा सकता है।
- नई संहिता की धारा (2) में सभी निजी नागरिकों को अपने परिसरों में ध्वज फहराने का अधिकार देना स्वीकार किया गया है।
- इस ध्वज को सांप्रदायिक लाभ, पर्दें या वस्त्रों के रूप में उपयोग नहीं किया जा सकता है। जहां तक संभव हो इसे मौसम से प्रभावित हुए बिना सूर्योदय से सूर्यास्त तक फहराया जाना चाहिए।
- इस ध्वज को आशयपूर्वक भूमि, फर्श या पानी से स्पर्श नहीं कराया जाना चाहिए। इसे वाहनों के हुड, ऊपर और बगल या पीछे, रेलों, नावों या वायुयान पर लपेटा नहीं जा सकता।
- किसी अन्य ध्वज या ध्वज पट्ट को राष्ट्रीय ध्वज से ऊंचे स्थान

पर लगाया नहीं जा सकता है। तिरंगे को वंदनवार, ध्वज पट्ट या गुलाब के समान संरचना बनाकर उपयोग नहीं किया जा सकता।

- अधिक जानकारी भारतीय ध्वज संहिता में देखी जा सकती है। भारतीय राष्ट्रीय ध्वज भारत के नागरिकों की आशाएँ और आकांक्षाएँ दर्शाता है। यह देश के राष्ट्रीय गौरव का प्रतीक है।

झंडे का उचित प्रयोग

सन् 2002 से पहले, भारत की आम जनता के लोग केवल गिने चुने राष्ट्रीय त्योहारों को छोड़ सार्वजनिक रूप से राष्ट्रीय ध्वज फहरा नहीं सकते थे। एक उद्योगपति, नवीन जिंदल ने, दिल्ली उच्च न्यायालय में, इस प्रतिबंध को हटाने के लिए जनहित में एक याचिका दायर की। जिंदल ने जानबूझकर, झंडा संहिता का उल्लंघन करते हुए अपने कार्यालय की इमारत पर झंडा फहराया। ध्वज को जब्त कर लिया गया और उन पर मुकदमा चलाने की चेतावनी दी गई। जिंदल ने बहस की कि एक नागरिक के रूप में मर्यादा और सम्मान के साथ झंडा फहराना उनका अधिकार है और यह एक तरह से भारत के लिए अपने प्रेम को व्यक्त करने का एक माध्यम है। तदोपरांत केन्द्रीय मंत्रिमंडल ने, भारतीय झंडा संहिता में 26 जनवरी 2002, को संशोधन किए, जिसमें आम जनता को वर्ष के सभी दिनों झंडा फहराने की अनुमति दी गई और ध्वज की गरिमा, सम्मान की रक्षा करने को कहा गया।

भारतीय संघ में वी.यशवंत शर्मा के मामले में कहा गया कि यह ध्वज संहिता एक कानून नहीं है, संहिता के प्रतिबंधों का पालन

करना होगा और राष्ट्रीय ध्वज के सम्मान को बनाए रखना होगा। राष्ट्रीय ध्वज को फहराना एक पूर्ण अधिकार नहीं है, पर इसका पालन संविधान के अनुच्छेद 51-ए के अनुसार करना होगा।

झंडे का सम्मान

भारतीय कानून के अनुसार ध्वज को हमेशा 'गरिमा, निष्ठा और सम्मान' के साथ देखना चाहिए। भारत की झंडा संहिता-2002, ने प्रतीकों और नामों के (अनुचित प्रयोग निवारण) अधिनियम, 1950 का अतिक्रमण किया और अब वह ध्वज प्रदर्शन और उपयोग का नियंत्रण करता है। सरकारी नियमों में कहा गया है कि झंडे का स्पर्श कभी भी जमीन या पानी के साथ नहीं होना चाहिए। उसका प्रयोग मेजपोश के रूप में या किसी मंच पर नहीं ढका जा सकता, इससे किसी मूर्ति को ढका नहीं जा सकता, न ही किसी आधारशिला पर डाला जा सकता था। सन् 2005 तक इसे पोशाक के रूप में या वर्दी के रूप में प्रयोग नहीं किया जा सकता था। पर 5 जुलाई 2005, को भारत सरकार ने संहिता में संशोधन किया और ध्वज को एक पोशाक के रूप में या वर्दी के रूप में प्रयोग किए जाने की अनुमति दी। हालांकि इसका प्रयोग कमर के नीचे वाले कपड़े के रूप में या जांघिये के रूप में प्रयोग नहीं किया जा सकता है। राष्ट्रीय ध्वज को तकिए के रूप में या रूमाल के रूप में करना निषेध है। झंडे को जानबूझ कर उल्टा रखा नहीं जा सकता, किसी में डुबाया नहीं जा सकता या फूलों की पंखुडियों के अलावा अन्य वस्तु नहीं रखी जा सकती। किसी प्रकार का सरनामा झंडे पर अंकित नहीं किया जा सकता है।

भारतीय

सँभालने की विधि

झंडे को संभालने और प्रदर्शित करने के अनेक परंपरागत नियमों का पालन करना चाहिए। यदि खुले में झंडा फहराया जा रहा है तो हमेशा सूर्योदय पर फहराया जाना चाहिए और सूर्यास्त पर उतार देना चाहिए चाहे मौसम की स्थिति कैसी भी हो। कुछ विशेष परिस्थितियों में ध्वज को रात के समय सरकारी इमारत पर फहराया जा सकता है।

झंडे का चित्रण, प्रदर्शन, उल्टा नहीं हो सकता ना ही इसे उल्टा फहराया जा सकता है। संहिता परंपरा में यह भी बताया गया है कि इसे लंब रूप में लटकाया भी नहीं जा सकता। झंडे को 90 अंश में घुमाया नहीं जा सकता या उल्टा नहीं किया जा सकता। कोई भी व्यक्ति ध्वज को एक किताब के समान ऊपर से नीचे और बाएँ से दाएँ पढ़ सकता है, यदि इसे घुमाया जाए तो परिणाम भी एक ही होना चाहिए। झंडे को बुरी और गंदी स्थिति में प्रदर्शित करना भी अपमान है। यही नियम ध्वज फहराते समय ध्वज स्तंभों या रस्सियों के लिए है। इनका रखरखाव अच्छा होना चाहिए।

दीवार पर प्रदर्शन

झंडे को सही रूप में प्रदर्शित करने के लिए कुछ नियमों का पालन करना पड़ता है। यदि ये किसी भी मंच के पीछे दीवार पर समानान्तर रूप से फैला दिए गए हैं तो उनका फहराव एक दूसरे के पास होने चाहिए और भगवा रंग सबसे ऊपर होना चाहिए। यदि ध्वज दीवार पर एक छोटे से ध्वज स्तम्भ पर प्रदर्शित है तो उसे एक कोण पर रख कर लटकाना चाहिए। यदि दो राष्ट्रीय झंडे प्रदर्शित किए जा

रहे हैं तो उल्टी दिशा में रखना चाहिए, उनके फहराव करीब होना चाहिए और उन्हें पूरी तरह फैलाना चाहिए। झंडे का प्रयोग किसी भी मेज, मंच या भवनों या किसी घेराव को ढकने के लिए नहीं करना चाहिए।

अन्य देशों के साथ

जब राष्ट्रीय ध्वज किसी कम्पनी में अन्य देशों के ध्वजों के साथ बाहर खुले में फहराया जा रहा हो तो उसके लिए भी अनेक नियमों का पालन करना होगा। उसे हमेशा सम्मान दिया जाना चाहिए। इसका अर्थ यह है कि झंडा सबसे दाईं ओर (प्रेक्षकों के लिए बाईं ओर) हो। लाटिन वर्णमाला के अनुसार अन्य देशों के झंडे व्यवस्थित होने चाहिए। सभी झंडे लगभग एक ही आकार के होने चाहिए, कोई भी ध्वज भारतीय ध्वज की तुलना में बड़ा नहीं होना चाहिए। प्रत्येक देश का झंडा एक अलग स्तम्भ पर होना चाहिए, किसी भी देश का राष्ट्रीय ध्वज एक के ऊपर एक, एक ही स्तम्भ पर फहराना नहीं चाहिए। ऐसे समय में भारतीय ध्वज को शुरू में, अंत में रखा जाए और वर्णक्रम में अन्य देशों के साथ भी रखा जाए। यदि झंडों को गोलाकार में फहराना हो तो राष्ट्रीय ध्वज को चक्र के शुरुआत में रख कर अन्य देशों के झंडे को दक्षिणावर्त तरीके से रखा जाना चाहिए, जब तक कि कोई ध्वज राष्ट्रीय ध्वज के बगल में न आ जाए। भारत का राष्ट्रीय ध्वज हमेशा पहले फहराया जाना चाहिए और सबसे बाद में उतारा जाना चाहिए।

जब झंडे को गुणा चिह्न के आकार में रखा जाता है तो भारतीय ध्वज को सामने रखना चाहिए और अन्य ध्वजों को दाईं ओर (प्रेक्षकों के लिए बाईं ओर) होना चाहिए। जब संयुक्त राष्ट्र का

ध्वज भारतीय ध्वज के साथ फहराया जा रहा है, तो उसे दोनों तरफ प्रदर्शित किया जा सकता है। सामान्य तौर पर ध्वज को दिशा के अनुसार सबसे दाईं ओर फहराया जाता है।

जब झंडा अन्य झंडों के साथ फहराया जा रहा हो, जैसे कॉर्पोरेट झंडे, विज्ञापन के बैनर हों तो नियमानुसार, अन्य झंडे अलग स्तंभों पर हैं तो राष्ट्रीय झंडा बीच में होना चाहिए या प्रेक्षकों के लिए सबसे बाईं ओर होना चाहिए या अन्य झंडों से एक चौड़ाई ऊंची होनी चाहिए। राष्ट्रीय ध्वज का स्तम्भ अन्य स्तंभों से आगे होना चाहिए, यदि ये एक ही समूह में हैं तो सबसे ऊपर होना चाहिए। यदि झंडे को अन्य झंडों के साथ जुलूस में ले जाया जा रहा हो तो झंडे को जुलूस में सबसे आगे होना चाहिए, यदि इसे कई झंडों के साथ ले जाया जा रहा है तो इसे जुलूस में सबसे आगे होना चाहिए।

घर के अंदर प्रदर्शित झंडा

जब झंडा किसी बंद कमरे में, सार्वजनिक बैठकों में या किसी भी प्रकार के सम्मेलनों में, प्रदर्शित किया जाता है तो दाईं ओर (प्रेक्षकों के बाईं ओर) रखा जाना चाहिए, क्योंकि यह स्थान अधिकारिक होता है। जब झंडा हॉल या अन्य बैठक में एक वक्ता के बगल में प्रदर्शित किया जा रहा हो तो यह वक्ता के दाहिने हाथ पर रखा जाना चाहिए। जब ये हॉल के अन्य जगह पर प्रदर्शित किया जाता है, तो उसे दर्शकों के दाहिने ओर रखा जाना चाहिए।

भगवा पट्टी को ऊपर रखते हुए इस ध्वज को पूरी तरह से फैला कर प्रदर्शित करना चाहिए। यदि ध्वज को मंच के पीछे की दीवार पर लंब में लटका दिया गया है तो, भगवा पट्टी को ऊपर रखते हुए दर्शकों के सामने रखना चाहिए ताकि शीर्ष ऊपर की ओर हो।

परेड और समारोह

यदि झंडा किसी जुलूस या परेड में अन्य झंडे या झंडों के साथ ले जाया जा रहा है तो, झंडे को जुलूस के दाहिने ओर या सबसे आगे बीच में रखना चाहिए। झंडा किसी मूर्ति या स्मारक या पट्टिका के अनावरण के समय एक विशिष्टता को लिए रहता है, पर उसे किसी वस्तु को ढकने के लिए प्रयोग नहीं करना चाहिए। सम्मान के चिह्न के रूप में इसे किसी व्यक्ति या वस्तु को ढकना नहीं चाहिए। पलटन के रंगों, संगठनात्मक या संस्थागत झंडों को सम्मान के चिह्न रूप में ढका जा सकता है।

किसी समारोह में फहराते समय या झंडे को उतारते समय या झंडा किसी परेड से गुजर रहा है या किसी समीक्षा के दौरान, सभी उपस्थित व्यक्तियों को ध्वज का सामना करना चाहिए और ध्यान से खड़े होना चाहिए। वर्दी पहने लोगों को उपयुक्त सलामी प्रस्तुत करनी चाहिए। जब झंडा स्तम्भ से गुजर रहा हो तो, लोगों को ध्यान से खड़े होना चाहिए या सलामी देनी चाहिए। एक गणमान्य अतिथि को सिर के पोशाक को छोड़ कर सलामी लेनी चाहिए। झंडा-वंदन, राष्ट्रीय गान के साथ लिया जाना चाहिए।

वाहनों पर प्रदर्शन

वाहनों पर राष्ट्रीय ध्वज उड़ान के लिए विशेषाधिकार होते हैं, राष्ट्रपति, उप राष्ट्रपति, प्रधानमंत्री, राज्यपाल और उपराज्यपाल, मुख्यमंत्री, मंत्रीमंडल के सदस्य और भारतीय संसद के कनिष्ठ मंत्रीमंडल के सदस्य, राज्य विधानसभाओं के सदस्य, लोकसभा के वक्ताओं और राज्य विधान सभाओं के सदस्यों, राज्य सभा के अध्यक्षों और राज्य

के विधान सभा परिषद के सदस्य, भारत के सर्वोच्च न्यायालय और उच्च न्यायालयों के न्यायाधीशों और जल सेना, थल सेना और नौ सेना के अधिकारिकयों को जो ध्वज श्रेणी में आते हैं, को ही अधिकार प्राप्त हैं। वे अपनी कारों पर जब भी वे जरूरी समझे झंडा प्रदर्शित कर सकते हैं। झंडे को एक निश्चित स्थान से प्रदर्शित करना चाहिए, जो कार के बोनेट के बीच में दृढ़ हो या कार के आगे दाईं तरफ रखा जाना चाहिए। जब सरकार द्वारा प्रदान किए गए कार में कोई विदेशी गणमान्य अतिथि यात्रा कर रहा है तो, हमारा झंडा कार के दाईं ओर प्रवाहित होना चाहिए और विदेशी झंडा बाईं ओर उड़ता होना चाहिए।

झंडे को विमान पर प्रदर्शित करना चाहिए यदि राष्ट्रपति, उपराष्ट्रपति, प्रधानमंत्री विदेश दौरे पर जा रहे हों। राष्ट्रीय ध्वज के साथ, अन्य देश का झंडा जहां वे जा रहे हैं या उस देश का झंडा जहां यात्रा के बीच में विराम के लिए ठहरा जाता है, उस देश के झंडे को भी शिष्टाचार और सद्भावना के संकेत के रूप में प्रवाहित किया जा सकता है। जब राष्ट्रपति भारत के दौरे पर हैं, तो झंडे को पोतारोहण करना होगा जहां से वे चढ़ते या उतरते हैं। जब राष्ट्रपति विशेष रेलगाड़ी से देश के भीतर यात्रा कर रहें हों तो झंडा स्टेशन के प्लेटफार्म का सामना करते हुए चालाक के डिब्बे से लगा रहना चाहिए जहां से ट्रेन चलती हैं। झंडा केवल तभी प्रवाहित किया जाएगा जब विशेष ट्रेन स्थिर है या जब उस स्टेशन पर आ रही हो जहां उसे रुकना हो।

झंडे को उतारना

शोक के समय, राष्ट्रपति के निर्देश पर, उनके द्वारा बताए गए समय

तक झंडा आधा प्रवाहित होना चाहिए। जब झंडे को आधा झुका कर फहराना है तो पहले झंडे को शीर्ष तक बढ़ा कर फिर आधे तक झुकाना चाहिए।

सूर्यास्त से पहले या उचित समय पर, झंडा पहले शीर्ष तक बढ़ा कर फिर उसे उतारना चाहिए। केवल भारतीय ध्वज आधा झुका रहेगा जबकि अन्य झंडे सामान्य ऊंचाई पर रहेंगे।

समस्त भारत में राष्ट्रपति, उपराष्ट्रपति, प्रधानमंत्री की मृत्यु पर झंडा आधा झुका रहेगा। लोक सभा के अध्यक्ष या भारत के सर्वोच्च न्यायालय के मुख्य न्यायाधीश के शोक के समय झंडा दिल्ली में झुकाया जाता है और केन्द्रीय मंत्रिमंडल मंत्री के समय दिल्ली में और राज्य की राजधानियों में भी झुकाया जाता है। राज्य मंत्री के निधन पर शोकस्वरूप मात्र दिल्ली में ही झुकाया जाता है। राज्य के राज्यपाल, उपराज्यपाल और मुख्यमंत्री के लिए राज्य और घटक राज्यों में झुकाया जाता है। यदि किसी भी गणमान्य अतिथि के मरने की सूचना दोपहर में प्राप्त होती है, यदि अंतिम संस्कार नहीं हुआ है तो ऊपर बताए गए स्थानों में दूसरे दिन भी झंडा आधा फहराया जाएगा। अंतिम संस्कार के समय पर भी झंडा आधा फहराया जाएगा।

गणतंत्र दिवस, स्वतंत्रता दिवस, गांधी जयंती, राष्ट्रीय सप्ताह (6 से 13 अप्रैल), किसी भी राज्य के वर्षगाँठ या राष्ट्रीय आनन्द के दिन, किसी भी अन्य विशेष दिन, भारत सरकार द्वारा निर्दिष्ट किए गए दिन पर मृतक के आवास को छोड़कर झंडे को आधा झुकाना नहीं चाहिए। यदि शव को शोक की अवधि की समाप्ति से पहले हटा दिया जाता है तो ध्वज को पूर्ण मस्तूल स्थिति में उठाया जाना चाहिए। किसी विदेशी गणमान्य व्यक्तियों की मृत्यु पर गृह मंत्रालय

से विशेष निर्देश से राज्य में शोक का पालन किया जाएगा। हालांकि, किसी भी देश के प्रमुख या सरकार के प्रमुख की मृत्यु पर, उस देश के प्रत्यायित भारतीय मिशन उपर्युक्त दिनों में राष्ट्रीय ध्वज फहरा सकते हैं। राज्य के अफसरों, सेना, केन्द्रीय अर्ध सैनिक बलों की अंत्येष्टि पर, झंडे के भगवा पट्टी को शीर्ष पर रखकर टिकटी या ताबूत को ढक देना चाहिए। ध्वज को कब्र में नीचे नहीं उतारना चाहिए या चिता में जलाना नहीं चाहिए।

निपटान

जब झंडा क्षतिग्रस्त है या मैला हो गया है तो उसे अलग या निरादरपूर्ण ढंग से नहीं रखना चाहिए, झंडे की गरिमा के अनुरूप विसर्जित/नष्ट कर देना चाहिए या जला देना चाहिए। तिरंगे को नष्ट करने का सबसे अच्छा तरीका है, उसका गंगा में विसर्जन करना या उचित सम्मान के साथ दफना देना।

रात्रि में ध्वज फहराने का अधिकार

भारतीय नागरिक अब रात में भी राष्ट्रीय ध्वज तिरंगा फहरा सकते हैं। इसके लिए शर्त होगी कि झंडे का पोल वास्तव में लंबा हो और झंडा खुद भी चमके। गृह मंत्रालय ने उद्योगपति सांसद नवीन जिंदल द्वारा इस संबंध में रखे गए प्रस्ताव के बाद यह फैसला किया। इससे पहले जिंदल ने हर नागरिक के मूलभूत अधिकार के तौर पर तिरंगा फहराने के लिहाज से अदालती लड़ाई जीती थी। कांग्रेस नेता जिंदल को दिए गए संदेश में मंत्रालय ने कहा कि प्रस्ताव की पड़ताल की गई है और कई स्थानों पर दिन और रात में राष्ट्रीय ध्वज को फहराने के लिए झंडे के बड़े पोल लगाने पर कोई आपत्ति नहीं है। जिंदल

ने जून 2009 में मंत्रालय को दिए गए प्रस्ताव में बड़े आकार के राष्ट्रीय ध्वज को स्मारकों के पोलों पर रात में भी फहराए जाने की अनुमति मांगी थी। जिंदल ने कहा था कि भारत की झंडा संहिता के आधार पर राष्ट्रीय ध्वज जहां तक संभव है सूर्योदय से सूर्यास्त के बीच फहराया जाना चाहिए, लेकिन दुनियाभर में यह सामान्य है कि बड़े राष्ट्रीय ध्वज 100 फुट या इससे ऊंचे पोल पर स्मारकों पर दिन और रात फहराए गए होते हैं।

बिलासपुर हाई कोर्ट ने एक मामले की सुनवाई के दौरान कहा कि रात को तिरंगा नहीं उतारे जाने को प्रिवेंशन ऑफ इन्सल्ट टु नेशनल ऑनर ऐक्ट-1971 का उल्लंघन नहीं माना जा सकता। यानी अगर कोई रात को तिरंगा उतारकर नहीं रखता है तो वह कोई नियम नहीं तोड़ रहा है।

ध्वज फहराने के राष्ट्रीय रिकॉर्ड

राजस्थान के पूर्व मुख्यमंत्री, अशोक गहलोत और माननीय संसद सदस्य और फ्लैग फाउंडेशन ऑफ इंडिया के अध्यक्ष, नवीन जिंदल ने जोधपुर कलेक्टरी के सामने भगवान महावीर पार्क में सबसे ऊंचा यानी 100 फीट ऊंचा तिरंगा फहराया।

100 फीट ऊंचे पोल पर इस झंडे का वजन 9 किलोग्राम, चौड़ाई 30 फीट और लंबाई 20 फीट है। सौ फीट ऊंचे इस तिरंगे को रात में दिखाने के लिए रोशनी की भी विशेष व्यवस्था की गई है। इसके लिए पोल के नीचे बड़ी-बड़ी लाइटें लगाई गई हैं, जो लहराते तिरंगे तक जाएँगी। इतनी अधिक ऊंचाई पर तिरंगे को फहराने को 'स्मारकीय ध्वज' के रूप में जाना जाता है। इसे कभी नीचे नहीं उतारा जाता और सूर्यास्त होने के बाद भी उसे रोशन रखा जाता

है। तिरंगे की आचार संहिता के तहत सौ फीट से ऊंचा तिरंगा रात में भी फहराया जा सकता है।

2001 में उद्योगपति नवीन जिंदल ने कोर्ट में जनहित याचिका दायर कर कहा था कि नागरिकों को आम दिनों में भी झंडा फहराने का अधिकार मिलना चाहिए। कोर्ट ने नवीन के पक्ष में ऑर्डर दिया और सरकार से कहा कि वह इस मामले को देखे। केंद्र सरकार ने 26 जनवरी 2002 को झंडा फहराने के नियमों में बदलाव किया और इस तरह हर नागरिक को किसी भी दिन झंडा फहराने की इजाजत मिल गई। बिलासपुर हाई कोर्ट ने अगस्त 2010 में एक मामले की सुनवाई के दौरान कहा कि रात को तिरंगा नहीं उतारे जाने को प्रिवेंशन ऑफ इन्सल्ट टु नेशनल ऑनर ऐक्ट-1971 का उल्लंघन नहीं माना जा सकता यानी अगर कोई रात को तिरंगा उतारकर नहीं रखता है तो वह कोई नियम नहीं तोड़ रहा है।

हमारे प्रधानमंत्रियों ने कितनी बार लहराया तिरंगा

देश में बीते छह दशक से जारी जश्न-ए-आजादी के सिलसिले में लाल किले की प्राचीर से सबसे ज्यादा 17 बार तिरंगा लहराने का मौका प्रथम प्रधानमंत्री पंडित जवाहरलाल नेहरू को मिला, वहीं उनकी पुत्री इंदिरा गाँधी ने भी राष्ट्रीय राजधानी स्थित सत्रहवीं शताब्दी की इस धरोहर पर 16 बार राष्ट्रध्वज फहराया। नेहरू ने आजादी के बाद सबसे पहले 16 अगस्त 1947 को लाल किले पर झंडा फहराया और अपना बहुचर्चित संबोधन 'नियति से एक पूर्वनिश्चित भेंट' दिया।

नेहरू 27 मई 1964 तक प्रधानमंत्री पद पर रहे। इस अवधि के दौरान उन्होंने लगातार 17 स्वतंत्रता दिवस पर ध्वजारोहण किया।

आजाद भारत के इतिहास में गुलजारी लाल नंदा और चंद्रशेखर

ऐसे नेता रहे जो प्रधानमंत्री तो बने, लेकिन उन्हें स्वतंत्रता दिवस पर तिरंगा फहराने का एक भी बार मौका नहीं मिल सका। नेहरू के निधन के बाद 27 मई 1964 को नंदा प्रधानमंत्री बने, लेकिन उस वर्ष 15 अगस्त आने से पहले ही नौ जून 1964 को वह पद से हट गए और उनकी जगह लाल बहादुर शास्त्री प्रधानमंत्री बने। नंदा 11 से 24 जनवरी 1966 के बीच भी प्रधानमंत्री पद पर रहे। इसी तरह चंद्रशेखर 10 नवंबर 1990 को प्रधानमंत्री बने, लेकिन 1991 के स्वतंत्रता दिवस से पहले ही उस वर्ष 21 जून को पद से हट गए।

लाल बहादुर शास्त्री के निधन के बाद नंदा कुछ दिन प्रधानमंत्री पद पर रहे, लेकिन बाद में 24 जनवरी 1966 को नेहरू की पुत्री इंदिरा गाँधी ने सत्ता की बागडोर संभाली। नेहरू के बाद सबसे अधिक बार जिस प्रधानमंत्री ने लाल किले पर तिरंगा फहराया, वह इंदिरा ही रहीं। इंदिरा 1966 से लेकर 24 मार्च 1977 तक और फिर 14 जनवरी 1980 से लेकर 31 अक्टूबर 1984 तक प्रधानमंत्री पद पर रहीं। बतौर प्रधानमंत्री अपने पहले कार्यकाल में उन्होंने 11 बार और दूसरे कार्यकाल में पाँच बार लाल किले पर झंडा फहराया।

स्वतंत्रता दिवस पर सबसे कम बार राष्ट्रध्वज फहराने का मौका चौधरी चरण सिंह : 28 जुलाई 1979 से 14 जनवरी 1980, विश्वनाथ प्रताप सिंह : दो दिसंबर 1989 से 10 नवंबर 1990, एच डी. देवेगौड़ा : एक जून 1996 से 21 अप्रैल 1997 और इंद्र कुमार गुजराल : 21 अप्रैल 1997 से लेकर 28 नवंबर 1997 को मिला। इन सभी पूर्व प्रधानमंत्रियों ने एक-एक बार 15 अगस्त को लाल किले से राष्ट्रध्वज फहराया।

नौ जून 1964 से लेकर 11 जनवरी 1966 तक प्रधानमंत्री रहे

लाल बहादुर शास्त्री और 24 मार्च 1977 से लेकर 28 जुलाई 1979 तक प्रधानमंत्री रहे मोरारजी देसाई को दो-दो बार यह सम्मान हासिल हुआ।

स्वतंत्रता दिवस पर पाँच या उससे अधिक बार तिरंगा फहराने का मौका नेहरू और इंदिरा गाँधी के अलावा राजीव गाँधी, पी. वी. नरसिंह राव, अटल बिहारी वाजपेयी और मौजूदा प्रधानमंत्री मनमोहन सिंह को मिला है। राजीव 31 अक्टूबर 1984 से लेकर एक दिसंबर 1989 तक और नरसिंह राव 21 जून 1991 से 10 मई 1996 तक प्रधानमंत्री रहे। दोनों को पाँच-पाँच बार ध्वज फहराने का मौका मिला।

राष्ट्रीय जनतांत्रिक गठबंधन की सरकार का नेतृत्व कर चुके अटल बिहारी वाजपेयी जब 19 मार्च 1998 से लेकर 22 मई 2004 के बीच प्रधानमंत्री रहे तो उन्होंने कुल छह बार लाल किले की प्राचीर से तिरंगा फहराया। इससे पहले वह एक जून 1996 को भी प्रधानमंत्री बने, लेकिन 21 अप्रैल 1997 को ही उन्हें पद से हटना पड़ा था।

वर्ष 2004 के आम चुनाव में राजग की हार के बाद संप्रग सत्ता में आया और मनमोहन ने 22 मई 2004 को प्रधानमंत्री पद की शपथ ली और ये दो बार प्रधानंत्री बने और इन्होंने दस बार राष्ट्रीय ध्वज फहराया। इनके बाद नरेंद्र मोदी प्रधानमंत्री बने और इस पुस्तक लेखन तक उन्होंने लालकिले से ध्वज नहीं फहराया था।

गणतंत्र दिवस और तिरंगा

26 जनवरी यानी गणतंत्र दिवस यानी हमारे संविधान का जन्म दिवस। 1950 में 26 जनवरी को भारत के पहले राष्ट्रपति डॉ. राजेन्द्र प्रसाद

ने 21 तोपों की सलामी देकर हमारे राष्ट्र ध्वज तिरंगे को फहराया था और भारतीय गणतंत्र की घोषणा की थी। इससे पहले 15 अगस्त 1947 हमारा देश आजाद तो हो गया था, लेकिन हमारा कोई संविधान न होने के कारण सही मायनों में आजादी नहीं मिल पाई थी। इसके लिए भारतीय महापुरुषों ने 894 दिन की कड़ी मेहनत के बाद स्वतंत्र भारत का संविधान बनाया और 26 जनवरी 1950 को भारतीय जनता के सामने उसकी घोषणा की। तब से हर साल 26 जनवरी का दिन भारतीय इतिहास में गणतंत्र दिवस के रूप में मनाया जाने लगा।

वैसे तो स्वतंत्रता दिवस और गणतंत्र दिवस हर भारतीय के लिए समान रूप से अहमियत रखता है और हर दिल में तिरंगे के सम्मान की भावना हिलोरें लेते देखी जा सकती हैं। हर साल स्वतंत्रता दिवस और गणतंत्र दिवस के दिन देश के हर कोने में राष्ट्रीय ध्वज तिरंगा फहराया जाता है, लेकिन राजस्थान के गुलाबी नगर में एक परिवार से तिरंगे का रिश्ता ही कुछ खास है। कुछ अलग है इस परिवार और तिरंगे की कहानी। कुछ अलग है इस परिवार के लिए तिरंगा फहराने का महत्त्व।

झण्डा गीत

भारत के झण्डा गीत की रचना श्यामलाल गुप्त पार्षद ने की थी। 7 पद वाले इस मूल गीत से बाद में कांग्रेस नें तीन पद (पद संख्या 1, 6 व 7) को संशोधित करके 'झण्डागीत' के रूप में मान्यता दी। यह गीत न केवल राष्ट्रीय गीत घोषित हुआ बल्कि अनेक नौजवानों और नवयुवतियों के लिए देश पर मर मिटने हेतु प्रेरणा का स्रोत भी बना।

मूल रूप में लिखा गया झण्डा गीत इस प्रकार है –

विजयी विश्व तिरंगा प्यारा, झण्डा ऊँचा रहे हमारा।
सदा शक्ति सरसाने वाला
प्रेम-सुधा बरसाने वाला
वीरों को हरसाने वाला
मातृभूमि का तन-मन सारा, झण्डा ऊँचा रहे हमारा ।1।
लाल रंग बजरंगबली का
हरा अहल इस्लाम अली का
श्वेत सभी धर्मों का टीका
एक हुआ रंग न्यारा-न्यारा, झण्डा ऊँचा रहे हमारा ।2।

है चरखे का चित्र सँवारा
मानो चक्र सुदर्शन प्यारा
हरे रंग का संकट सारा
है यह सच्चा भाव हमारा, झण्डा ऊँचा रहे हमारा ।3।

स्वतन्त्रता के भीषण रण में
लखकर बढ़े जोश क्षण-क्षण में
काँपे शत्रु देखकर मन में
मिट जाए भय संकट सारा, झण्डा ऊँचा रहे हमारा ।4।

इस झण्डे के नीचे निर्भय
लें स्वराज्य हम अविचल निश्चय
बोलो भारत माता की जय
स्वतन्त्रता हो ध्येय हमारा, झण्डा ऊँचा रहे हमारा ।5।

आओ प्यारे वीरों आओ
देश-धर्म पर बलि-बलि जाओ
एक साथ सब मिल कर गाओ
प्यारा भारत देश हमारा, झण्डा ऊँचा रहे हमारा ।6।

शान न इसकी जाने पाए
चाहें जान भले ही जाए
विश्व विजय कर के दिखलाएं
तब होवे प्रण पूर्ण हमारा, झण्डा ऊँचा रहे हमारा ।7।

ध्वज गीत की कहानी

विजयी विश्व तिरंगा प्यारा, झण्डा ऊँचा रहे हमारा नामक उक्त सुविख्यात झण्डा गीत की रचना करने वाले श्यामलाल गुप्त पार्षद कानपुर में नरवल के रहने वाले थे। जब यह लगभग तय हो गया था कि अब आजादी मिलने ही वाली है, उस वक्त कांग्रेस ने देश के झण्डे का चयन कर लिया था, लेकिन एक अलग झण्डा गीत की जरूरत महसूस की जा रही थी। गणेश शंकर विद्यार्थी, पार्षद जी के काव्य-कौशल के कायल थे। विद्यार्थी जी ने पार्षद जी से झण्डा गीत लिखने का अनुरोध किया। पार्षद जी कई दिनों तक कोशिश करते रहे, पर वह संतोषजनक झण्डा गीत नहीं लिख पाए। जब विद्यार्थीजी ने पार्षद जी से साफ-साफ कह दिया कि उन्हें हर हाल में कल सुबह तक झण्डा गीत चाहिए, तो वह रात में कागज-कलम लेकर जम गए।

आधी रात तक उन्होंने झण्डे पर एक नया गीत तो लिख डाला, लेकिन वह खुद उन्हें जमा नहीं। निराश होकर रात दो बजे जब वह

सोने के लिए लेटे, अचानक उनके भीतर नए भाव उमड़ने लगे। वह बिस्तर से उठ कर नया गीत लिखने बैठ गए। पार्षद जी को लगा जैसे उनकी कलम अपने आप चल रही हो और भारत माता उन से वह गीत लिखवा रही हो। यह गीत था कि विजयी विश्व तिरंगा प्यारा, झण्डा ऊँचा रहे हमारा। गीत लिख कर उन्हें बहुत सन्तोष मिला।

सुबह होते ही पार्षद जी ने यह गीत विद्यार्थी जी को भेज दिया, जो उन्हें बहुत पसन्द आया। जब यह गीत महात्मा गांधी के पास गया, तो उन्होंने गीत को छोटा करने की सलाह दी। आखिर में, 1938 में कांग्रेस के अधिवेशन में नेताजी सुभाषचंद्र बोस ने इसे देश के झण्डा गीत की स्वीकृति दे दी। यह ऐतिहासिक अधिवेशन हरिपुरा में हुआ था। नेताजी ने झण्डारोहण किया और वहाँ मौजूद करीब पाँच हजार लोगों ने श्यामलाल गुप्त पार्षद द्वारा रचे झण्डा गीत को एक सुर में गाया।

राष्ट्रीय झण्डा अथवा स्वदेशी खादी पर प्रतिबन्ध

पण्डित चन्द्रिका प्रसाद जिज्ञासु द्वारा सम्पादित पुस्तक राष्ट्रीय झण्डा अथवा स्वदेशी खादी पर ब्रिटिश राज में प्रतिबन्ध इसलिए लगा दिया गया था, क्योंकि सम्पादक ने उस पुस्तक में इस गीत के पद क्रमांक 2 और 3 को छोड़कर केवल पाँच पद राष्ट्रीय झण्डा शीर्षक से छाप दिए थे। यह पुस्तक नई दिल्ली स्थित राष्ट्रीय अभिलेखागार, भारत में प्रतिबन्धित साहित्य अवाप्ति क्रमांक 1679 के अन्तर्गत आज भी सुरक्षित रखी हुई है।

ध्वज गीत के रचनाकार का परिचय

श्यामलाल गुप्त 'पार्षद' भारतीय स्वतंत्रता संग्राम के एक सेनानी, पत्रकार, समाजसेवी एवं अध्यापक थे। भारतीय स्वतन्त्रता संग्राम के दौरान उत्प्रेरक झण्डा गीत की रचना के लिए वे इतिहास में सदैव याद किए जाएंगे।

श्यामलाल गुप्त 'पार्षद' का जन्म उत्तर प्रदेश में कानपुर जिले के नरवल ग्राम में 9 सितम्बर 1896 को मध्यवर्गीय वैश्य परिवार में हुआ था। आपके पिता का नाम विश्वेश्वर प्रसाद और माता का कौशल्या देवी था। प्रकृति ने उन्हें कविता करने की क्षमता सहज रूप में प्रदान की थी। जब श्यामलाल जी पाँचवीं कक्षा में थे तो यह कविता लिखी –

परोपकारी पुरुष मुहिम में, पावन पद पाते देखे,
उनके सुन्दर नाम स्वर्ण से सदा लिखे जाते देखे।

श्यामलाल जी ने मिडिल की परीक्षा प्रथम श्रेणी में उत्तीर्ण की। इसके बाद हिन्दी साहित्य सम्मेलन से 'विशारद' हो गए। आपकी रामायण पर अटूट श्रद्धा थी। 15 वर्ष की अवस्था में हरिगीतिका, सवैया, घनाक्षरी आदि छन्दों में आपने रामकथा के बालखण्ड की रचना की। परन्तु पूरी पाण्डुलिपि पिताजी ने कुएँ में फिंकवा दी, क्योंकि किसी ने उन्हें समझा दिया था कि कविता लिखने वाला दरिद्र होता है और अंग-भंग हो जाता है। इस घटना से बालक श्यामलाल के दिल को बड़ा आघात लगा और वे घर छोड़कर अयोध्या चले गए। वहाँ मौनी बाबा से दीक्षा लेकर राम भजन में तल्लीन हो गए। कुछ दिनों बाद जब पता चला तो कुछ लोग अयोध्या जाकर उन्हें

वापस ले आए। श्यामलाल जी के दो विवाह हुए। दूसरी पत्नी से एकमात्र पुत्री की प्राप्ति हुई बाद में जिनका विवाह कानपुर के प्रसिद्ध समाजसेवी एडवोकेट लक्ष्मीनारायण गुप्त से हुआ।

श्यामलाल जी ने पहली नौकरी जिला परिषद के अध्यापक के रूप में की। परन्तु जब वहाँ तीन साल का बाण्ड भरने का सवाल आया तो आपने त्यागपत्र दे दिया। इसके बाद म्यूनिस्पेलिटी के स्कूल में अध्यापक की नौकरी की। परन्तु वहाँ भी बाण्ड के सवाल पर आपने त्यागपत्र दे दिया।

अमर शहीद गणेश शंकर विद्यार्थी और साहित्यकार प्रताप नारायण मिश्र के सानिध्य में आने पर श्यामलाल जी ने अध्यापन, पुस्तकालयाध्यक्ष और पत्रकारिता के विविध जनसेवा कार्य भी किए। पार्षद जी 1916 से 1947 तक पूर्णतः समर्पित कर्मठ स्वतन्त्रता संग्राम सेनानी रहे। गणेशजी की प्रेरणा से आपने फतेहपुर को अपना कार्यक्षेत्र बनाया। इस दौरान 'नमक आन्दोलन' तथा 'भारत छोड़ो आन्दोलन' का प्रमुख संचालन तथा लगभग 19 वर्षों तक फतेहपुर कांग्रेस कमेटी के अध्यक्ष पद के दायित्व का निर्वाह भी पार्षद जी ने किया। जिला परिषद कानपुर में भी वे 13 वर्षों तक रहे।

असहयोग आन्दोलन में भाग लेने के कारण पार्षद जी को रानी अशोधर के महल से 21 अगस्त, 1921 को गिरफ्तार किया गया। जिला कलेक्टर द्वारा उन्हें दुर्दान्त क्रान्तिकारी घोषित करके केन्द्रीय कारागार आगरा भेज दिया गया। इसके बाद 1924 में एक असामाजिक व्यक्ति पर व्यंग्य रचना के लिए आपके ऊपर 500 रुपये का जुर्माना हुआ। 1930 में नमक आन्दोलन के सिलसिले में पुनः गिरफ्तार हुए और कानपुर जेल में रखे गए। पार्षदजी सतत्

स्वतन्त्रता सेनानी रहे और 1932 में तथा 1942 में फरार भी रहे। 1944 में आप पुनः गिरफ्तार हुए और जेल भेज दिए गए। इस तरह आठ बार में कुल छह वर्षों तक राजनीतिक बन्दी रहे।

स्वाधीनता आन्दोलन में भाग लेने के दौरान वे चोटी के राष्ट्रीय नेताओं – मोतीलाल नेहरू, महादेव देसाई, रामनरेश त्रिपाठी और अन्य नेताओं के संपर्क में आए।

स्वतन्त्रता संघर्ष के साथ ही आपका कविता रचना का कार्य भी चलता रहा। वे एक दृढ़ संकल्प वाले व्यक्ति थे। 1921 में आपने स्वराज्य प्राप्ति तक नंगे पाँव रहने का व्रत लिया और उसे निभाया। गणेश शंकर विद्यार्थी की प्रेरणा से पार्षदजी ने 3-4 मार्च, 1924 को रात्रि में, भारत प्रसिद्ध 'झण्डा गीत' की रचना की। पण्डित जवाहर लाल नेहरू के नेतृत्व में 13 अप्रैल, 1924 को, 'जलियाँवाला बाग दिवस' पर, फूलबाग, कानपुर में सार्वजनिक रूप से झण्डागीत का सर्वप्रथम सामूहिक गान हुआ।

पार्षद जी के बारे में अपने उद्गार व्यक्त करते हुए नेहरू जी ने कहा था-भले ही लोग पार्षद जी को नहीं जानते होंगे, परन्तु समूचा देश राष्ट्रीय ध्वज पर लिखे उनके गीत से परिचित है।

राजनीतिक कार्यों के अलावा पार्षदजी सामाजिक कार्यों में भी अग्रणी रहे। उन्होंने दोसर वैश्य इण्टर कालेज (जो आज गौरीदीन गंगा शंकर विद्यालय के नाम से जाना जाता है) एवं अनाथालय, बालिका विद्यालय, गणेश सेवाश्रम, गणेश विद्यापीठ, दोसर वैश्य महासभा , वैश्य पत्र समिति आदि की स्थापना एवं संचालन किया। इसके अलावा स्त्री शिक्षा व दहेज विरोध में आपने सक्रिय योगदान किया। आपने विधवा विवाह को सामाजिक मान्यता दिलाने में

सक्रिय योगदान किया। पार्षद जी ने वैश्य पत्रिका का जीवन भर संपादन किया।

रामचरित मानस उनका प्रिय ग्रन्थ था। वे श्रेष्ठ 'मानस मर्मज्ञ' तथा प्रख्यात रामायणी भी थे। रामायण पर उनके प्रवचन की प्रसिद्धि दूर-दूर तक थी। भारत के प्रथम राष्ट्रपति डॉ. राजेन्द्र प्रसाद को उन्होंने सम्पूर्ण रामकथा राष्ट्रपति भवन में सुनाई थी। नरवल, कानपुर और फतेहपुर में उन्होंने रामलीला आयोजित की।

'झण्डा गीत' के अलावा एक और ध्वज गीत श्यामलाल गुप्त 'पार्षद' जी ने लिखा था। लेकिन इसकी विशेष चर्चा नहीं हो सकी। उस गीत की पहली पंक्ति है –

राष्ट्र गगन की दिव्य ज्योति,
राष्ट्रीय पताका नमो–नमो।
भारत जननी के गौरव की,
अविचल शाखा नमो–नमो।

पार्षद जी को एक बार आकाशवाणी में कविता पाठ का न्योता मिला। उनके द्वारा पढ़ी जाने वाली कविता का एक स्थानीय अधिकारी द्वारा निरीक्षण किया गया जो इस प्रकार थी –

सिंह यहाँ पंचानन मरते, और स्यार स्वच्छन्द बिचरते,
छक कर गधे खिलाए खाते, घोड़े बस खुजलाए जाते।

इन पंक्तियों के कारण उनका कविता पाठ रोक दिया गया। इससे नाराज पार्षदजी फिर कभी आकाशवाणी केन्द्र नहीं गए। 12 मार्च, 1972 को 'कात्यायनी कार्यालय' लखनऊ में एक भेंटवार्ता में उन्होंने कहा –

देख गतिविधि देश की मैं मौन मन में रो रहा हूँ,
आज चिन्तित हो रहा हूँ।
बोलना जिनको न आता था, वही अब बोलते हैं।
रस नहीं बस देश के उत्थान में विष घोलते हैं।
सर्वदा गीदड़ रहे, अब सिंह बन कर डोलते हैं।
कालिमा अपनी छिपाए, दूसरों की खोलते हैं।
देख उनका व्यक्तिक्रम, मैं आज साहस खो रहा हूँ।
आज चिन्तित हो रहा हूँ।

स्वतन्त्र भारत ने उन्हें सम्मान दिया और 1952 में लालकिले से उन्होंने अपना प्रसिद्ध 'झण्डा गीत' गाया। 1972 में लालकिले में उनका अभिनन्दन किया गया। 1973 में उन्हें 'पद्म श्री' से अलंकृत किया गया।

10 अगस्त 1977 की रात को इस समाजसेवी, राष्ट्रकवि का महाप्रयाण नंगे पैर में काँच लगने के कारण हो गया। वे 81 वर्ष के थे। उनकी मृत्यु के बाद कानपुर और नरवल में उनके अनेकों स्मारक बने। नरवल में उनके द्वारा स्थापित बालिका विद्यालय का नाम 'पद्मश्री श्यामलाल गुप्त 'पार्षद' राजकीय बालिका इण्टर कालेज किया गया। फूलबाग, कानपुर में 'पद्मश्री' श्यामलाल गुप्त 'पार्षद' पुस्तकालय की स्थापना हुई। 10 अगस्त, 1994 को फूलबाग में उनकी आदमकद प्रतिमा स्थापित की गई। इसका अनावरण उनके 99वें जन्मदिवस पर 9 सितम्बर, 1995 को किया गया।

तिरंगे से जुड़ी बहादुर की कहानी

जयपुर में रहने वाला यह परिवार अटल परिवार के नाम से जाना जाता है। इस परिवार में है एक खास तिरंगा झंडा। वैसे तो इस

तिरंगे में भी लाल, हरे और सफेद रंग की तीन पट्टियाँ और बीच में अशोक चक्र है, फिर भी यह तिरंगा अपने आपमें कुछ खास महत्व रखता है।

इस तिरंगे से जुड़ी है बहादुरी की एक कहानी। यह कहानी जयकुमार अटल और तिरंगे की। यह कहानी है वीरता की एक मिसाल की और यह कहानी है सच्ची देशभक्ति की।

बात 1971 की है, जब भारत और पाकिस्तान के बीच युद्ध छिड़ा हुआ था। उस समय जयपुर के जय कुमार अटल पाकिस्तान में भारत के हाई कमिश्नर के रूप में अपनी सेवाएँ दे रहे थे। यह सभी जानते हैं कि इस युद्ध में पाकिस्तान को बुरी तरह हार का मुंह देखना पड़ा था।

अपनी हार से पाकिस्तान पूरी तरह बौखला उठा और उसी बौखलाहट में कुछ पाकिस्तानियों ने वहां तिरंगे को जलाने का प्रयास किया। जब जय कुमार अटल ने यह देखा तो अपनी वीरता का परिचय देते हुए उन्होंने तिरंगा उन पाकिस्तानियों से छीन लिया और उसे लेकर भारत आ गए।

तिरंगा लेकर जब वे भारत पहुंचे तो सर्व प्रथम उन्होंने तत्कालीन प्रधानमंत्री श्रीमती इंदिरा गांधी से मुलाकात की और तिरंगा उन्हें सौंपना चाहा, लेकिन श्रीमती गांधी ने तिरंगा लेने से इनकार कर दिया और तिरंगा जय कुमार को अपने साथ ले जाने को कहा।

श्रीमती गांधी ने तिरंगा जयकुमार को वापस करते हुए कहा कि इस तिरंगे की लाज आपने बचाई है, इसलिए आज से यह तिरंगा आपके परिवार के पास ही सुरक्षित रहेगा, साथ ही हर स्वतंत्रता दिवस और गणतंत्र दिवस पर आपके परिवार में ही इसे फहराया जाएगा। तब से जयपुर के अटल परिवार में स्वतंत्रता दिवस और

गणतंत्र दिवस दोनों ही एक त्योहार की तरह मनाए जाते हैं, जिसमें परिवार के सभी सदस्य चाहे वे जयपुर से बाहर ही क्यों न बसते हों, एक साथ इस तिरंगे को फहराते हैं। यहां तक कि जय कुमार अटल की पोती देविका तनखा भी इस खास पर्व पर जयपुर पहुंच जाती हैं।

जया मुखर्जी और तिरंगा

जया मुखर्जी महान स्वतंत्रता सेनानियों के परिवार से संबंध रखती हैं, जिन्होंने राष्ट्रीय ध्वज की आन, बान और शान की हमेशा रक्षा की। हम यहां अब ध्वज से संबद्ध उनके कुछ शब्द उन्हीं के शब्दों में दे रहे हैं –

हर स्वतंत्रता दिवस पर मेरे दादाजी हमारे घर की छत पर तिरंगा फहराया करते थे और हम राष्ट्रीय गीत गाया करते थे। 1997 में 15 अगस्त के दिन मैंने यह तय किया कि मेरी तीन साल की बेटी को अपने घर में तिरंगा फहराकर स्वदेश भक्ति के बारे में सचेत किया जाय।

हमने तिरंगा खरीदने का निश्चय किया। कागज के बने छोटे-छोटे तिरंगे झंडे उस समय भी बेचे जाते थे, लेकिन मैं कपड़े का बुना हुआ झंडा अपने घर पर फहराना चाहती थी। कैंप की एक भी दुकान में मुझे कपड़े का बुना हुआ तिरंगा नहीं मिला। एक बुजुर्ग ने बताया कि कपड़े का बुना हुआ तिरंगा झंडा सिर्फ स्कूल, कॉलेज, और सरकारी दफ्तरों में ही लहराया जाता है। व्यक्तिगत स्थानों जैसे घरों में झंडा फहराना कानून के खिलाफ था। पुणे में भी मैंने कभी किसी घर पर तिरंगे को लहराते नहीं देखा था। सीधे, सत्यवादी और सरल जीवन व्यतीत करने वाले मेरे दादाजी ने इन कानूनों और

अपने उसूलों को तोड़ना कभी सही नहीं समझा, लेकिन हमें हमेशा इस बात को लेकर प्रोत्साहित जरूर करते रहते थे। मैंने भी अपने दादाजी की तरह इस बात को लेकर कभी पहल नहीं की। मुझे लगा कि इस बात के दूसरे पक्ष को परखने की हिम्मत और उचित अधिकार मुझमें नहीं थे।

1998 में 15 अगस्त को एक साल अधिक बड़ी और बुद्धिमान, मैंने अपने दादाजी के देशभक्ति के प्रोत्साहन पर गौर करना ज्यादा उचित समझा। इस बार मैंने शहर के दूसरे सिरे से तिरंगे की खोज शुरू की, हर जगह जवाब वही था। तभी लौटते समय एक इमारत की चौथी मंजिल की बालकनी में तिरंगा लहराता हुआ दिखाई दिया। मैंने ऊपर जाकर मालिक से पूछा कि यह तिरंगा उन्होंने कहाँ से प्राप्त किया। उनके जवाब से मैं हैरान रह गई। उन्होंने कहा कि विदेश से।

जरा सोचिए! देश की आजादी की साल गिरह पर हम अपने फोन से यंत्रवत तरीके से वंदेमातरम् कहकर बधाई देने से लेकर बंकिम चंद्र चटर्जी के वंदेमातरम् को ए. आर. रहमान की धुनों में रूपांतरित कर टी.वी. के हर चैनल दिखाते और सार्वजनिक स्पीकरों पर बजाते हैं। बोर्डों से लेकर बसों, ऑटो रिक्शा और लारियों को मेरा भारत महान से पोत देते हैं, इस दिन सुबह से अपने सारे नेता भारत की स्वतंत्रता के गुणगान करते नजर आते हैं, वहीं बड़ों की दी हुई सीख और गर्व की परंपरा को निभाने के लिए यदि हम अपना तिरंगा फहराना चाहते हैं तो उसे खरीदने क्या हमें विदेश जाना होगा?

एक मित्र ने कहा था कि विश्व के अधिकतर देशों में हर व्यक्ति अपने घर में एक झंडा जरूर रखता है और अपने राष्ट्रीय महत्व के अवसरों पर उसे फहराने में गर्व अनुभव करता है, जबकि भारतीय

स्वदेश में रहकर भी अपने तिरंगे को घर में रखना जरूरी ही नहीं समझते। हम भारतीय जो विदेशों की सैर को गर्व जताने से नहीं चूकते, उन्होंने कभी अपने ही भारत की सैर कर उसे जानने की कितनी कोशिश की है? हम जब विदेशों की सैर करते हैं तब कुछ यादगार चीजें वहाँ से लाते हैं, लेकिन आज गौर करने का समय आया है कि हमारे कितने भारतीयों के घरों में कोणार्क चक्र की प्रतिकृति है? जब हम विदेशी झंडों और विश्वविद्यालयों के चिह्नों से अंकित कपड़े गर्व के साथ धारण करते हैं तो क्या हम उसी शौक से अपनी मातृभूमि के नारों से सजे कपड़े पहनते हैं? सालोंसाल भारत में रहने वाले विदेशी अपने अंग्रेजी भाषा बोलने के लहजे को नहीं बदलते, वहीं थोड़े सालों में अमेरिका जाकर हम भारतीय विदेशी लहजे में हिंदी बोलना सीख कर लौटते हैं। ऐसा जब किसी विदेशी ने ही मुझसे कहा होगा तो आप सोच सकते हैं, मैंने कैसे महसूस किया होगा।

बाद में, काफी छानबीन के बाद इस पुणे शहर में हमें एक छोटी-सी दुकान में कपड़े से बुना हुआ तिरंगा मिल ही गया। इस तरह 15 अगस्त 1998 को हमने अपने घर में तिरंगा फहराया और राष्ट्रीय गीत गाया तब मेरी चार साल की बेटी ने इसे खुशी से देखा और शायद गर्व भी महसूस किया कि भारत का झंडा उसके घर में फहर रहा था।

भारत को स्वाधीनता किसी ने थाली में परोस कर नहीं प्रदान की, अपितु भारत की स्वाधीनता की किश्ती शहीदों के शवों के दरिया पर तैरती हुई आई थी। करीब सात लाख लोगों की कुर्बानी से भारत की धरती लाल हुई थी। सदियों की गुलामी के बाद, तरह-तरह की यातनाएँ और जुल्मों को सहने के बाद पंद्रह अगस्त

उन्नीस सौ सैंतालीस का वह स्वर्णिम प्रभात आया था जिसमें सूर्य की लाल-पीली किरणों में भारत मां के अनेक वीरों और वीरांगनाओं के बलिदान की अमर कहानी थी। एक रवानी थी, एक जज्बा था, एक जोश था, जो राष्ट्रीय ध्वज तिरंगे के केसरिया रंग से प्रतिध्वनित हो रहा था। देश का हर नागरिक ही नहीं, अपितु भारत के भूतल का कण-कण उन शहीदों की शहादत के लिए हृदय से कृतज्ञ था, जिनके बलिदान की कहानी लालकिले की प्राचीर से फहराता हुआ तिरंगा आज भी अपनी मूक भाषा में कहता है कि भारत के लोगों तुम मेरे केसरिया रंग को मात्र केसरिया रंग न समझना, अपितु मैं भारत मां की कोख से उत्पन्न उन शहीदों का शोणित हूं, जिनकी रूधिर कणिकाओं से मेरे भारत की धरती लाल हो गई थी। जिन्हें अपनी जान से भी ज्यादा प्यारी भारत की अस्मिता थी।

भारत मां की अस्मिता के रक्षक एक नहीं, अपितु अनेक हुए हैं। भारत के स्वतंत्रता संग्राम का इतिहास स्वतंत्रता सेनानियों के अदम्य साहस और शौर्य से भरा पड़ा है। जिसे पढ़कर कलेजा मुंह को आता है, रोंगटे खड़े हो जाते हैं। अंतर्मन विदीर्ण हो उठता है, अंतर से आवाज आती है कि हे प्रभु! हमारे पूर्वजों ने इस स्वाधीनता के लिए कैसे-कैसे कष्ट सहे थे? इसी श्रृंखला में प्रस्तुत है महान क्रांतिकारी और स्वतंत्रता सेनानी वीर सावरकर के जीवन का एक प्रेरक प्रसंग। अण्डमान निकोबार की सेल्यूलर जेल (काला पानी) में भारत मां का शेर महान स्वतंत्रता सेनानी वीर सावरकर अंग्रेजों की यातनाओं के बीच ऐसे पिल रहा था जैसे गन्ना कोल्हू में पिलता है। अंग्रेजों की क्रूरता की कहानी आज भी रोंगटे खड़े कर देती है। वीर सावरकर दस वर्ष तक इस जेल में लकड़ी के कोल्हू में बैल की तरह जुड़कर तेल निकालते रहे। यह अंग्रेजों के जुल्म, दरिंदगी,

बेरहमी और बर्बरता की पराकाष्ठा थी। कल्पना कीजिए कि ऐसी हृदय विदारक विकट स्थिति में वे कितने मानसिक तनाव से गुजरे होंगे? कितने भय, चिंता और अवसाद में जीवित रहे होंगे? उनकी राष्ट्रभक्ति, कर्त्तव्य परायणता और तपश्चर्या पूर्ण जीवन वास्तव में आने वाली पीढ़ियों के लिए अनुकरणीय और प्रेरणादायक है।

जब भूख प्यास और थकान से निढाल होकर वीर सावरकर थोड़ा सुस्ताने लगते तो अंग्रेज जेलर इतना हृदयहीन था कि कोड़े का प्रहार करता था। फलस्वरूप उनका स्वास्थ्य गिरता जा रहा था। उन्होंने अपनी पत्नी को एक पत्र लिखा कि हे प्रिय! अब मुझे लगता है कि मेरे जीवन का अंत सन्निकट है। यदि मेरी मृत्यु हो जाए तो रोना मत। मेरा प्यारा भारतवर्ष एक बहुत बड़ा सरोवर है। जिसमें ज्ञानी, ध्यानी और बलिदानी महापुरुषों के रूप में, अनेकों कमल के पुष्प खिले हैं। जो भारत माता के स्वाधीनता के मंदिर में अपने-अपने क्रम से समर्पित होते चले जा रहे हैं। अर्थात्, भारत की स्वाधीनता के लिए प्राणोत्सर्ग कर रहे हैं। यदि इस स्वाधीनता के मंदिर में समर्पित होने की मेरी बारी आ जाए तो मन में गर्व करना कि भारत मां ने मुझे भी उन कमलों की श्रेणी में स्वीकार कर लिया है, जो मुझसे पहले भारत मां के स्वाधीनता के मंदिर में प्राणोत्सर्ग कर गए।

जनरल शाहनवाज और लाल किले पर पहला तिरंगा

इतिहास की बात करें तो लाल किले पर पहला तिरंगा लहराने का श्रेय मेजर जनरल शाहनवाज खान को जाता है। तो चलिए इनके जीवन की कहानी भी पढ़ ही ली जाए।

देश को गुलामी की बेड़ियों से आजाद करवाने के लिए हजारों देशभक्तों और सैनिकों ने अपने प्राणों की आहुति दी। इन महान

देशभक्तों में जनरल शाहनवाज खान का नाम बड़े आदर और मान से लिया जाता है। आजाद हिंद फौज के मेजर जनरल शाहनवाज खान महान देशभक्त, सच्चे सैनिक और नेताजी सुभाष चंद्र बोस के बेहद करीबियों में शुमार थे। एक सच्चे और बहादुर सैनिक के साथ जनरल खान एक सच्चे समाजसेवी और दूरदर्शी राजनीतिज्ञ भी थे। आजाद हिंद फौज के मेजर जनरल शाहनवाज खान का जन्म ब्रिटिश इंडिया में 24 जनवरी 1914 को गांव मटौर, जिला रावलपिंडी (अब पाकिस्तान) में झंझुआ राजपूत कैप्टन सरदार टीका खान के घर हुआ था। सैनिक परिवार में जन्में शाहनवाज ने अपने बुजुर्गों की राह पर चलने की ठानी। शाहनवाज की प्रारंभिक शिक्षा-दीक्षा पाकिस्तान में हुई, आगे की शिक्षा उन्होंने प्रिंस ऑफ वेल्स रायल इंडियन मिलट्री कॉलेज देहरादून में पूरी की। 1940 में उन्होंने ब्रिटिश इंडियन आर्मी में एक अधिकारी के तौर पर ज्वाइन कर लिया।

जब जनरल शाहनवाज ब्रिटिश आर्मी में शामिल हुए थे, तब विश्व युद्ध चल रहा था और उनकी तैनाती सिंगापुर में थी। जापानी फौज ने ब्रिटिश इंडियन आर्मी के सैकड़ों सैनिकों को बंदी बनाकर जेलों में ठूंस दिया था। सन् 1943 में जब नेताजी सुभाष चंद्र बोस सिंगापुर आए और उन्होंने आजाद हिंद फौज की मदद से इन बंदी सैनिकों को रिहा करवाया। नेताजी के ओजस्वी वाणी और जोशीले नारे 'तुम मुझे खून दो, मैं तुम्हें आजादी दूंगा' से प्रभावित होकर शाहनवाज के साथ सैकड़ों सैनिक आजाद हिन्द फौज में शामिल हो गए और भारत माता की मुक्ति के लिए अंग्रेजों से लोहा लेने लगे। शाहनवाज खान की देशभक्ति और नेतृत्व क्षमता से प्रभावित होकर नेताजी ने उन्होंने आरजी हुकूमत-ए-आजाद हिंद की कैबिनेट में शामिल किया था। दिसंबर 1944 में जनरल शाहनवाज को नेता

जी ने मांडले में तैनात सेना की टुकड़ी का नम्बर 1 कमांडर नियुक्त किया था। सितंबर 1945 में नेताजी आजाद हिंद फौज के चुनिंदा सैनिकों को छांटकर सुभाष ब्रिगेड बनाई थी, जिसकी कमांड नेताजी ने जनरल शाहनवाज के हाथ सौंपी थी। इस ब्रिगेड ने कोहिमा में अंग्रेजी हुकूमत के खिलाफ मोर्चा संभाला था। संयुक्त सेना सेकेंड डिविजन का कंमाडर बनाकर बर्मा के मोर्चे पर भेजा।

ब्रिटिश आर्मी से लड़ाई के दौरान बर्मा में जनरल शाहनवाज खान और उनके दल को ब्रिटिश आर्मी ने 1945 में बंदी बना लिया था। नवंबर 1946 में मेजर जनरल शाहनवाज खान, कर्नल प्रेम सहगल और कर्नल गुरुबक्श सिंह के खिलाफ दिल्ली के लाल किले में अंग्रेजी हुकूमत ने राजद्रोह का मुकदमा चलाया। लेकिन भारी जनदबाव और समर्थन के चलते ब्रिटिश आर्मी के जनरल आक्निलेक को न चाहते हुए भी आजाद हिंद फौज के अफसरों को अर्थदण्ड का जुर्माना लगाकर छोड़ने को विवश होना पड़ा। जनरल शाहनवाज खान और बाकी अफसरों की पैरवी सर तेज बहादुर सप्रू, जवाहर लाल नेहरु, आसफ अली, बुलाभाई देसाई और कैलाश नाथ काटजू ने की थी। 1946 में आजाद हिंद फौज की समाप्ति के बाद जनरल शाहनवाज खान ने महात्मा गांधी और पंडित जवाहर लाल नेहरू की प्रेरणा से इंडियन नेशनल कांग्रेस में शामिल हो गए। 1947 में प्रधानमंत्री जवाहर लाल नेहरू ने जनरल शाहनवाज खान को कांग्रेस सेवा दल के सदस्यों को सैनिकों की भांति प्रशिक्षण और अनुशासन सिखाने की अहम जिम्मेदारी सौंपी। जनरल खान को कांग्रेस सेवा दल के सेनापति का पद नवाजा गया, जिसका निर्वाहन उन्होंने वर्ष 1947 से 1951 तक किया था और अपने जीवन के अंतिम दिनों में भी वह 1977 से 1983 तक कांग्रेस सेवा दल के प्रभारी बने रहे।

वर्ष 1952 में पहले लोकसभा चुनाव में कांग्रेस के टिकट पर मेरठ से चुनाव जीते। इसके बाद वर्ष 1957, 1962 व 1971 में मेरठ से लोकसभा चुनाव जीता। मेरठ लोकसभा सीट से प्रतिनिधित्व करने वाले जनरल शाहनवाज खान 23 साल केंद्र सरकार में मंत्री रहे। 1952 में चुनाव जीतने के बाद वह पार्लियामेंट्री सेक्रेटरी और डिप्टी रेलवे मिनिस्टर बने। 1957-1964 तक वह केन्द्रीय खाद्य एवं कृषि मंत्री के पद पर रहे। 1965 में कृषि मंत्री एवं 1966 में श्रम, रोजगार एवं पुनर्वास मंत्रालय की जिम्मेदारी संभाली। 1971 से 1975 तक उन्होंने पेट्रोलियम एवं रसायन और कृषि एवं सिंचाई मंत्रालयों की बागडोर संभाली। 1975 से 1977 के दौरान वह केन्द्रीय कृषि एवं सिंचाई मंत्री के साथ एफसीआई के चेयरमैन का उत्तदायित्व भी उन्होंने संभाला। मेरठ जैसे संवेदनशील शहर का दो दशकों से अधिक समय तक प्रतिनिधित्व जनरल खान ने किया और उनके कुशल नेतृत्व और सबको साथ लेकर चलने की नीति के कारण शहर में कभी कोई दंगा फसाद नहीं हुआ, जो एक मिसाल है। 1956 में भारत सरकार ने नेताजी सुभाष चंद्र बोस की मौत के कारणों और परिस्थितियों के खुलासे के लिए एक कमीशन बनाया था, जिसके अध्यक्ष जनरल शाहनवाज खान थे।

जनरल शाहनवाज खान शुरू में नेताजी सुभाष चंद्र बोस से प्रभावित हुए तो बाद में गांधी जी के साथ रहे। पंडित नेहरु ने उन्हें 'खान' की उपाधि से नवाजा। जनरल शाहनवाज के पीए रहे मतीन बताते हैं कि छठें लोकसभा चुनाव में जब मेरठ से उनके बजाय मोहसिना जी को टिकट दिया गया तो उन्होंने मोहसिना जी के साथ जाकर नामांकन कराया। वह सबके सुख-दुख में शामिल होते थे। जनरल शाहनवाज के पोते आदिल शाहनवाज बताते हैं कि, 'रेलवे

का एक कर्मचारी बिना अवकाश घर चला गया तो उसे सस्पेंड कर दिया गया। जनरल साहब ने तब कैबिनेट मंत्री लाल बहादुर शास्त्री जी से कहा। उन्होंने इसे गंभीरता से नहीं लिया। इस पर उन्होंने अगले दिन अपना इस्तीफा भेज दिया। शास्त्री जी ने कारण पूछा तो बोले कि 'अगर अवाम के लिए काम करने लायक नहीं हूं तो इस कुर्सी पर बैठने का मुझे हक नहीं है। आजाद हिन्दुस्तान में लाल किले पर ब्रिटिश हुकूमत का झंडा उतारकर तिरंगा लहराने वाले जनरल शाहनवाज ही थे। देश के पहले तीन प्रधानमंत्रियों ने लालकिले से जनरल शाहनवाज का जिक्र करते हुए संबोधन की शुरुआत की थी। आज भी लालकिले में रोज शाम छह बजे लाइट एंड साउंड का जो कार्यक्रम होता है, उसमें नेताजी के साथ जनरल शाहनवाज की आवाज है। प्रेस काउंसिल ऑफ इंडिया के अध्यक्ष सेवानिवृत्त न्यायाधीश मार्कंडेय काटजू ने जनरल खान की देश के प्रति निष्ठा और राष्ट्रनिर्माण में अग्रणी भूमिका को देखते हुए भारत सरकार से जनरल खान को भारत रत्न देने की मांग की है। डाक विभाग महान स्वतंत्रा सेनानी जनरल शाहनवाज खां, कर्नल प्रेम चंद और कर्नल गुरुबख्श पर डाक टिकट जारी कर चुका है।

महान स्वतंत्रता सेनानी, देशभक्त और कुशल राजनेता जनरल शाहनवाज खान को काल के क्रूर हाथों ने 9 दिसंबर 1983 को हमसे छीन लिया।

●●●

प्रश्नोत्तरी

1. तिरंगा ध्वज की अभिकल्पना किसने की?

(अ) पिंगली वेंकैया (ब) मैडम कामा

(स) भगत सिंह (द) सुभाष चंद्र बोस

2. राष्ट्रीय ध्वज का अनुपात क्या है?

(अ) 2 : 3 (ब) 3 : 2

(स) 6 : 5 (द) 5 : 2

3. राष्ट्रीय ध्वज कब अपनाया गया?

(अ) 26 जनवरी 1980 (ब) 2 मार्च 1947

(स) 17 अगस्त 1947 (द) 22 जुलाई 1947

4. गांधी ने अपने झंडे की बात सबसे पहले कब की?

(अ) 1924 में (ब) 1921 में

(स) 1947 में (द) 1948 में

5. तिरंगे की सफेद पट्टी पर स्थित चक्र को क्या कहते हैं?

(अ) धर्म चक्र (ब) सारनाथ चक्र

(स) अशोक चक्र (द) विष्णु चक्र

6. लाल किले पर पहली बार तिरंगा कब फहराया गया?

(अ) 15 अगस्त 1947 (ब) 16 अगस्त 1947

(स) 26 जनवरी 1980 (द) 2 जनवरी 1980

7. राष्ट्रीय ध्वज को पहली बार सलामी कहाँ मिली?

(अ) इंडिया गेट पर (ब) लाल किले पर

(स) चार मीनार पर (द) राष्ट्रपति भवन पर

8. भारतीय ध्वज संहिता में संशोधन कब हुआ?

(अ) 2 जनवरी 1947 (ब) 26 जनवरी 2002

(स) 15 अगस्त 1947 (द) 2 मार्च 1999

9. हमारे ध्वज गीत के रचनाकार कौन हैं?

(अ) रवींद्रनाथ टैगोर (ब) श्यामलाल गुप्त पार्षद

(स) बंकिमचंद (द) मैडम कामा

10. राष्ट्रीय ध्वज को आम नागरिकों को फहराने का अधिकार किसने दिलवाया?

(अ) बंकिमचंद (ब) भगत सिंह

(स) प्रेमचंद (द) नवीन जिंदल

उत्तर

1. अ 2. अ 3. द 4. ब 5. स 6. ब 7. अ 8. ब 9. ब 10. द